ぶらり平蔵

決定版①剣客参上

◆

吉岡道夫

コスミック・時代文庫

本書は二〇〇九年九月に刊行された「ぶらり平蔵　剣客参上」を改訂した「決定版」です。

目次

「ぶらり平蔵」主な登場人物

神谷平蔵《かみやへいぞう》　旗本千三百石、神谷家の次男。医者にして鐘捲《かねまき》流免許皆伝の剣客。神田新石町弥左衛門《やざえもん》店《だな》で診療所を開いている。

神谷忠利《ただとし》　平蔵の兄。幕府御使番。巡見使を賜り、五百石を加増される。

神谷幾乃《いくの》　平蔵の兄嫁。母を小さいときに亡くした平蔵の母親がわり。

矢部伝八郎《やべでんぱちろう》　平蔵の剣友。兄の小弥太《こやた》は、北町奉行所隠密廻り同心。

井手甚内《いでじんない》　元斗南藩の脱藩浪人。無外流の遣い手。明石町で寺子屋を開く。

根津《ねづ》の嘉平《かへい》　矢部小弥太の手先。女房のお仙《せん》に深川で船宿をやらせている。

佐治一竿斎《さじいっかんさい》　平蔵の剣の師。紺屋町で鐘捲流剣術道場を開いている。

宮内耕作《みやうちこうさく》　佐治道場の師範代。平蔵の兄弟子。

縫《ぬい》　弥左衛門店の隣人。息子の伊助《いすけ》と二人暮らし。

六兵衛《ろくべえ》　弥左衛門店の差配人。

左京大夫宗明《さきょうのだいぶむねあき》　磐根《いわね》藩現藩主。正室・妙《たえ》は伊達六十二万石の藩主仙台侯の娘。

船形の重定《ふながたしげさだ》　宗明の異母弟。五代将軍綱吉《つなよし》手つきの志帆《しほ》が正室。

柴山外記《しばやまげき》　磐根藩次席家老。曲者の襲撃を受け絶命。

柴山希和《きわ》　柴山外記の娘。磐根藩の陰草の者（隠密）。

桑山佐十郎《くわやまさじゅうろう》　磐根藩江戸上屋敷の側用人。平蔵の剣友。

波多野文乃《はたのあやの》　磐根藩江戸上屋敷の上女中。桑山佐十郎の姪。

おとわ　小網町の料理屋「真砂」の女将。

おもん　「真砂」の女中頭。公儀隠密。

加賀谷玄蕃《かがやげんば》　旗本二千五百石、老中配下の大番組。

堀江嘉門《ほりえかもん》　加賀谷玄蕃の義弟。磐根藩乗っ取りの黒幕。

第一章　襲　撃

その夜、柴山外記《しばやまげき》が城を出たのは四つ（午後十時）をすこし過ぎたころだった。お濠の橋の向こうにひろがる城下の町並みは深い夜の帳《とばり》にとざされている。

――それにしても、えらく手間どったものだ。

夕刻、郡奉行《こおりぶぎょう》から、春の雪解けが遅かったので領内の稲の作付けが大幅に遅れる見通しになったという報告をうけた。こういう年は作柄がよくないことが多い。そこで勘定奉行をまじえて相談の上、大坂の蔵屋敷に命じ、他国の余剰米を二万俵ほど買いつけることにしたのだ。不作の備えは早めに手をうっておくにかぎるというのが外記の判断だった。

秋の収穫が平年どおりにおさまり、買いつけた米があまれば備蓄米にしておけるし、米相場が高ければ売りさばいて藩財政をうるおすという手もある。

勘定奉行は「いますこし、ようすを見てからでも……」という慎重論だったが、それをおさえての外記の決断だった。

できるだけ出費をおさえたいという奉行の気持ちもわからなくはないが、産米の不作が明白になってからでは、結局、高い米を買わされることになる。

――わしの処断はまちがっておらん。

下城の道をたどりながら自問自答した外記は、あらためておのれの判断に誤りはなかったと確信した。

柴山外記は磐根《いわね》藩《はん》五万三千石の次席家老をつとめて五年になる。

筆頭家老は還暦をすぎた老人で会議の席でも昼寝をしていることが多く、藩政は外記が完全に掌握している。それだけに外記の仕事は多忙をきわめていたが、城勤めを休んだことは一度もない。

「まだまだ老《ふ》けこむわけにはいかんからな」

お濠端に沿った道を歩みながら、外記はひとりごちた。

「なにか、仰せられましたか」

供奉《ぐぶ》を務めている若党の水沼慶四郎《みずぬまけいしろう》が問いかえした。

「なに、たまの夜歩きも楽しいものだということよ」

「お疲れにはなりませぬか」

「ばかをもうせ。若いころは毎日のように藤枝重蔵《ふじえだじゅうぞう》のもとに通って汗を流したものだ。まだまだ足腰に年はとらせておらぬ」

「恐れいります」

藤枝重蔵は鐘捲流《かねまきりゅう》の達人で、城下に剣道場をかまえてもう二十数年になるが、いまだに剣技はいささかの衰えも見せていない。

水沼慶四郎も非番の日には藤枝道場に通い、免許取りに手がとどきそうなところまで腕をあげているらしい。

「慶四郎もいまのうちに精進しておくことだな。いつかは役に立つ日がくる」

「仰せ、肝に銘じておきまする」

このあたりは藩重臣の拝領屋敷がずらりと門戸をつらねている。

大手門前から順に藩主の血筋に連なる一門衆、歴代重臣を輩出しているお家筋の屋敷につづき、現政権の中枢を担う執政たちの屋敷がならぶ。外記の拝領屋敷も、その一角にあった。

ひっそりと寝静まっている屋敷町の白い土塀に、中間《ちゅうげん》の佐平が手にした提灯の灯《あか》りが淡い光を投げかけていた。

「道がぬかるんでおりますので、足元にお気をつけくださいまし」

佐平がふりかえりながら、ぶら提灯をかざして見せたときである。
五、六間先にそびえている大銀杏の木陰から、突風のように走りでた黒装束が白刃を抜きはなって佐平の胴を横ざまに斬りはらった。
「ひいっ！」

どす黒い血しぶきが白い土塀を染め、投げだされた提灯の火が狐火のように暗夜に弧を描いた。

「なにやつ⁉」

刀の柄《つか》に手をかける間もなく、凄まじい斬撃が外記の肩口を割りつけた。

「う、うっ……」

がくっと膝を落とした外記に向かって曲者《くせもの》がとどめの一撃をふりおろそうとしたとき、飛びこみざまに擦りあげた水沼慶四郎の剣先が、曲者の刀をまきこんで宙に跳ねあげた。

「おのれっ！」

態勢をととのえようとした曲者の足が水溜まりにすべった、その一瞬の隙を慶四郎は見逃さなかった。剣先をかえしざまの一閃が曲者の咽《のど》をえぐった。

曲者は声もなくのけぞり、ボロ屑のように土塀にたたきつけられた。

「殿っ！」

　倒れている外記に駆けよる暇もなく、前方から黒覆面をした数人の曲者が颶風《ぐふう》のように突進してきた。彼等が手にした白刃には凶悪な殺意がみなぎっていた。

　慶四郎は剣を八双に構え、曲者の前に立ちふさがった。

　道幅は三間余、慶四郎の横をすりぬけて通るわけにはいかない。たとえ人数が多くても立ち向かえるのはひとりだけだ。

「うぬっ！」

　一団のなかから猪突してきた曲者の剣先をかわしざまふりおろした慶四郎の刃がうなじを斬りはらったとき、突如、背後から声をあげながら駆けてくる数人の跫音《あしおと》がひびいた。

「どうした⁉」

「慶四郎ではないか⁉」

　藤枝道場の剣友たちだとわかったとたん、慶四郎ははりつめていた緊張が一気にとけた。

「まずい！」

「ひきあげろ！」

利あらずと見て、曲者の一団は仲間の死体を残したまま風のように闇夜に消えていった。

慶四郎たちの手で拝領屋敷にかつぎこまれた柴山外記は、妻の亡きあと、柴山家の奥を取りしきっている長女の希和《きわ》の指図で奥の書院に運ばれた。

すぐさま使いを医師のもとに走らせたが、肩口から斜めに入った刃は、肋《あばら》を斬り割って臓器に達している。だれの目にも死が近いことはあきらかだった。

外記は気息をととのえ、

「希和……」

かすれた声で手招きし、人払いを命じた。

「よいか、文之進《ぶんのしん》には……かまえて仇討ちなど考えるなともうせ」

文之進は外記の嫡子で、いまは江戸詰めの身である。

「下手人は慶四郎が斬り捨てたゆえ、それでよい」

「でも、父上」

「わしはな、病死したことにするのだ」

「え……」

「闇討ちなどなかった。あってはならんことだ」

「父上……それでは」

「かまわぬ。明日にも病死の届けをだし、文之進の家督相続の願いをだせ」

瀕死のなかにありながら、外記の口跡ははっきりしていた。鬼気せまる父の遺言だった。藩内のいまわしい内紛を外にもらすまいとしているのだ。

「は、はい」

希和は懸命にうなずいた。最期まで藩政を担う次席家老として藩を守ろうとしている父の胸中が、希和には痛いほどわかった。

「もはや、なにも仰せられますな」

「これは……ただの闇討ちなどではない。二年前の……蒸しかえしだ」

「二年前、の……」

希和は思わず目を瞠《みは》った。

「希和……すぐにも慶四郎と共に……草の里に走れ……」

「は、はい。しかと、うけたまわりました」

「敵は、藩内におる。これから先はだれもあてにできぬと思え」

外記の眼が炯々《けいけい》とひかった。

「いざというときは、江戸にいる神谷《かみや》を……神谷平蔵《へいぞう》を頼め」

「え。あの、神谷さまを……ですか」

「わしが、そうもうしていたといえ。かならず力になってくれよう。あやつは……そういう男だ」

「…………」

「ぶらり平蔵、か。……あやつは医者などにしておくには惜しい男よ」

柴山外記は弱々しい笑みをうかべると、ふいにカッと両眼を見ひらき、希和の手をひきよせた。

「希和！　頼んだぞ」

「ち、父上！」

外記の手が、希和の手をはなれ、だらりとすべり落ちた。

第二章　開店休業

一

「いかがです。いまどき、これだけの物件はめったにないと存じますがね」

神田新石町《しんこくちょう》にある、この弥左衛門店《やざえもんだな》をあずかっている差配人の六兵衛がすくいあげるような目で神谷平蔵《かみやへいぞう》を見た。

「う、ううむ……」

平蔵はどっちつかずの生返事をした。

差配の六兵衛がいうように、六畳と三畳の畳部屋、それに六畳分ほどの板の間がついているというのは、ひとり暮らしにはまずまずの広さである。入り口のせまい土間には竈《かまど》もおいてある。だからといって差配の言い分を丸呑みにしていては、家賃の値下げは望むべくもない。

「たしかに部屋の間取りは悪くないが、ほれ、このように床がきしむのが、いまひとつ気にいらんのだ」

平蔵が片足で板の間をトントンと踏んでみせると、床板がギシギシと耳ざわりな音をたてた。

「な。これで月一貫五百文の家賃は、ちと高すぎはせぬか」

「ははぁ、床ですか」

六兵衛が目をしょぼつかせながら、そっと床に足をおいてみると、うまい具合にミシッとかすかに床鳴りがしてくれた。

「どうだ、鳴るだろう」

うまい口実を見つけたと、平蔵は食らいついた。

「隣の源助という大工はなかなかの腕利きらしいが、それでも日当は昼飯つきで五百文、手弁当なら六百文だというぞ。一貫五百といえば大工の三日分の稼ぎにあたる。安いとはいえまい」

「…………」

「おまけにだ。これこのとおり造りも少々くたびれかけている。そのあたりをすこし勘案してくれてもよいのではないか」

両刀を腰にさしている身としては、いささかミミッチイ話になってきたなと気がさしたが、これから先、ひとりで暮らしを立てなければならないことを思うと背に腹はかえられない。

「月一貫文が妥当なところだと思うが、どうかな」

「とんでもございません」

六兵衛はにべもなく手を横にひらひらとふった。

「ま、神谷さまのお宅のような武家屋敷ならともかく、町方の借家では床がきしむぐらいのことは目をつぶっていただきませぬと」

「床を軽く見てはいかんぞ。なんといっても床は日常座臥《ざが》の根幹ともいうべきものだからな」

「神谷さま」

ふいに六兵衛の目がせわしくなくまばたき、平蔵を頭のてっぺんから足先までなめるように見定めた。

「ばかに床板を気になさいますが、まさか……」

「うむ？」

「いえ、なんでも神谷さまはこっちのほうが滅法お強いそうで」

六兵衛はへっぴり腰になって刀をふる手つきをしてみせると、

「もしや、この板の間で剣術指南でもなさろうなどという……」

「ばかをもうせ」

思わず平蔵、にが笑いした。どうやら、この差配の爺さん、平蔵を剣術使いと勘違いしたらしい。平蔵は鐘捲流《かねまきりゅう》の免許皆伝をうけてはいるが、剣を売り物にして飯を食う気などさらさらなかった。

とはいえ、六兵衛が勘ちがいするのも無理からぬことである。

平蔵の身の丈は五尺六寸（約百七十センチ）、総髪《そうはつ》を無造作に首のうしろで結わえ、着流しに朱鞘の大小をたばさんだところは、どこから見ても剣客としか見えないだろう。

「そいつはとんだ見当ちがいだよ。だいたいが、こんな狭っ苦しいところで木刀をふりまわしてみろ。床どころか、天井や壁までぶちぬいてしまうぞ」

「なるほど、そううかがえば、たしかに」

六兵衛はようやく安堵の笑みをうかべ、

「では、ここで寺子屋でもなさろうという……」

「ふふ、今度は寺子屋ときたか」

どうやら、この爺さん、平蔵の胸のうちをはかりかねているらしい。

——ま、差配としては無理からぬことだろうな。

なにせ平蔵の身元引受人の兄の神谷忠利《ただとし》は、千三百石の禄を食《は》む歴とした大身の旗本である。その実の弟がちゃんとした一軒家ならともかく、下町の棟割長屋に住もうというのだから、六兵衛が奇異の念をいだくのも不思議はない。

「とにかく、ひとに迷惑のかかるようなことはせぬから安心してくれ」

「へ、へい。いえ、それはもう、お人柄を見ればわかりますです」

六兵衛、揉み手をしながら困惑顔になった。

「もし、どうしてもお家賃の安い物件をとお望みなら、四百文、五百文で借りられる裏店《うらだな》は江戸にいくらもございます。……ただ、そういうところに住んでいるのは手職もなく、もっこをかついで川砂利を運んだり、水売りをして日銭を稼ぐような手合いばかりでして、とても神谷さまのようなお方がお住まいになるところじゃございません」

干し柿に目鼻をつけたような爺さんだが、なかなかどうして弁は立つ。

「それに床板がきしむといっても、万にひとつも抜ける気づかいはございませんから、その点はご安心くださいまし」

「う、うむ。それは、まぁな」

なにしろ平蔵の生家の屋敷にしてからが、ちかごろでは廊下や台所などの床板は歩くたびにミシミシきしむ。だからといって抜けるわけでもなし、手入れをすれば入費がかかるからそのままになっている。当節は武家もはたが思うより内所が苦しいのだ。

棟割長屋の床板がきしむぐらいは、いわば、目糞が鼻糞を笑うたぐいのことかもしれないと、平蔵も思いなおした。

——どうも床板にケチをつけようとしたのはまずかったかな。

ちょっぴり弱気になった平蔵の胸のうちを見抜いたように、六兵衛は胸をそらしてまくしたてた。

「それに、この板の間が畳敷きなら、お家賃も月二貫文はいただくところでございますよ。前に住んでおりました版木の彫師が仕事場にするには板張りがいいというので、わざわざ板張りにしたもので、ま、お望みなら畳敷きにしてもよろしゅうございますが、そうなりますとお家賃のほうも、すこしばかり……」

まるで平蔵の懐具合を見すかしたように、六兵衛はきついことをいう。

泰平が百年もつづくにつれ、侍の値打ちはさがる一方で、当節は商人のほうが幅をきかすようになっている。六兵衛も表向き武家の体面をたててはいるが、いざ算盤《そろばん》をはじくとなると一歩もゆずる気配はなかった。

「いや、なに、板張りで結構！　畳というのは梅雨どきは湿気《しけ》るし、ダニやノミのすみかになる。その点、板張りなら掃除に手間はかからんし、夏は涼しくて昼寝にも向いている。うん、板張りのほうがずんといい」

おおいに板張り礼讃論をぶちあげたが、なに、板張りだろうが畳だろうが、掃除などマメにするつもりなどなかった。それよりも一貫五百の家賃が、へたをすると二貫に値上げされてはたまらんというのが平蔵の本音なのだ。

「だったら、お迷いになることもございますまい」

満足そうに六兵衛はうなずいた。

「なにせ、ここは角地だけにほかより間取りもようございます。おまけにささやかながら物干し場がわりの裏庭もついておりますから、借り手はすぐにもつきます。ただ、わたくしどもといたしましては、神谷さまのような身元のしっかりしたお方に借りていただきたいのでございますよ」

身元のしっかりした方などと、おべんちゃらをいいながらも六兵衛はすばやく算盤をはじいていた。

「さてと……月がわりまで、あと二十一日ございますが、今月分のお家賃のほうはせいぜい勉強させていただいて、半月分の七百五十文でよろしゅうございます」

「わかった、わかった。それで手を打とう」

なにが、せいぜい勉強して、だ。たった六日分値引きしただけではないかと思ったが、六兵衛の豆粒のようなちゃっかりした目を見ると、へたな駆け引きをしたところで勝ち目はなさそうだった。

もともと平蔵は戸口を出た目の先に水道桝《ます》があるというだけで、ここが気にいっていたのだ。それを剣友の矢部伝八郎《やべでんぱちろう》が「町人はなにごとにも値段に掛け値というのをつける。そこのところを考慮してうまく掛け合うことだ」などと、わけしり顔で入れ知恵をつけるものだから、ものはためしと値切ってみたまでのことだ。

たしかに六兵衛が自慢するように、水道桝がそばにあり、曲がりなりにも三部屋あって一貫五百文なら、まず妥当なところだと思わざるをえない。

なにしろ江戸市民の最大の悩みの種は飲み水なのだ。

おおかたが埋め立て地でできている江戸では、井戸を掘っても塩気が強くて飲み水にならない。だから、水売りなどという、ほかではめったに見られない奇妙な商売が成り立っている。

幕府が江戸開府当初から懸命にとりくんできたのが水道工事だった。さいわい武蔵野の原野には豊富な水量をもつ清流がいくつもある。そこで幕府は江戸市中の地下に木管や木樋《もくひ》を埋めこみ、神田上水と玉川上水から水を取りこみ、市中の八方に水道をはりめぐらせた。

その水の汲みあげ口を桝《ます》といい、希望者には桝を設ける許可をあたえ、所帯人数に応じて「水銀《みずぎん》」という税を徴収することにしたのである。

大家の弥左衛門も、この長屋を建てるにあたって桝の設置許可をもらい、水銀は家賃にうわのせすることにしたのだ。つまり月一貫五百文の家賃には水代もふくまれているということになるが、いつでも、好きなだけ清水を汲める桝が手近にあるという利点は銭金にかえられるものではない。

——ともかく、これで住まいだけはきまった。

たかが六兵衛と家賃の駆け引きをしただけで、道場でひと汗流すよりくたびれてしまった。これでは先行きが思いやられるな、と平蔵はためいきをついた。

二

駿河台にある神谷家から、下男の市助が台所女中のおもよといっしょに、荷車いっぱいに所帯道具を積んでやってきたときは平蔵も泡を食った。

「ばか！　おれはひとり者だぞ。嫁入り支度じゃあるまいし、そんなに道具をもちこんでどうする。おれが欲しいのは、その船簞笥ぐらいのものだ。あとは持って帰れ」

と叱りつけたが、市助はきかない。

「そもそもが、このお道具類は平蔵ぼっちゃまの暮らしに不自由があってはいけないと、奥様が手ずからえらんでくださった品ばかりでございます。……そのお気持ちを無になされては罰があたりまする」

奥様というのは嫂《あによめ》の幾乃《いくの》のことである。市助は間もなく七十に手がとどこうという年で、一度いいだしたらきかない頑固者だ。あきらめて眺めているあいだに市助はおもよとふたりがかりで小半刻《こはんとき》（約一時間）とたたぬうちに、荷車に山積みの道具類を、おさまるべきところにすっぽりとおさめてしまった。そればかりか、ふたりは休む間もなく箒《ほうき》でゴミを掃き取り、ついでに雑巾がけまですませてしまったのである。

——まるで手妻を見ているようだな。

と呆れていると、市助とおもよが襷《たすき》をはずし、平蔵の前にきちんと膝をならべて正座した。

「ぼっちゃま。これで市助とおもよは帰らせていただきますが、明日からはきちんと三度三度のお食事を召しあがって、あまり羽根をのばしすぎぬようにと、これは奥様からのくれぐれものご伝言にございます」

「よしよし、ご心配なきようにと嫂上《あねうえ》にもうしあげてくれ」

おもよが持参した風呂敷包みの重箱を、おずおずとさしだし、

「これは、今夜のお夜食になされますようにと、お蔦《つた》さまが……」

「おう、それはありがたい。一食、飯を炊《かし》ぐ手間がはぶける」

お蔦は神谷家の女中頭で、平蔵の好みを知りつくしている。

いそいそと蓋をあけてみると、案の定、椎茸と凍《し》み豆腐の煮物、ハゼの甘露煮、里芋と油揚げの煮しめに山牛蒡《やまごぼう》の味噌漬けなどなど、平蔵の好物がぎっしりと詰められていた。

「うむ、さすがは、お蔦だ」

さっそくハゼの甘露煮を一匹指でつまんで、口にほうりこみ、

「ううむ！　うまい。どれもこれも日持ちするものばかりだから、三日は菜《さい》に困らんですみそうだな」

満足そうに味わっている平蔵を見て、

「ぼっちゃま……」

市助がぐしゅんと鼻をすすりあげた。

「高千三百石のお旗本、神谷家のぼっちゃまが、なにも好きこのんで、このような裏店住まいをなさらなくとも……」

目をしょぼつかせながら、煤《すす》けた天井や、つぎはぎだらけの襖や戸障子を見まわし、張り子の虎のように首をがくがくさせた。

「おい、これは九尺二間《くしゃくにけん》の裏店とはちがうぞ。それになんだ、そのぼっちゃまというのはよせ。尻がこそばゆくてかなわん。だいたい、おれの年を考えてみろ」

「おいくつになられましょうが、ぼっちゃまはぼっちゃまでございます」

市助、一向に動じない。

「困ったやつだな……」

平蔵は甘露煮のハゼを噛みしめながら、

「おれはな、ともかくも養子に出た身だ。いつまでも兄上や嫂上に甘えているわけにはいかんだろうが」

「ですが、お殿様も、奥様も、そんなことは気になさらずともよいと……」

「それはそれ、これはこれだ」

平蔵は胸をそらして、虚勢をはった。

「男にはな、けじめをつけねばならんときというものがある。それに、市助も知っておろうが、おれは敵持《かたきも》ちの身だぞ。この上、兄上や嫂上に迷惑はかけるわけにはいかんだろうが」

「ぼっちゃまは、お題目のように敵持ち、敵持ちとおっしゃいますが、元はといえば磐根藩のお家騒動のとばっちりから……」

「市助。それをいうな」

「いいえ、言わせていただきます」

市助が向きになって膝をおしすすめたとき、近くの露地でけたたましい女の悲鳴にいりまじって居丈高《いたけだか》な男の怒号がはじけ、子供の泣きしきる声がした。

「ぼ、ぼっちゃま!? あ、あれは……」

「市助も、おもよも、ここから出るな」

ふたりに釘をさしておいてから、平蔵は朱鞘の大刀を鷲づかみにして露地に飛びだしていった。

三

騒ぎは平蔵の住まいから十間ほど先の露地の入り口近くで起きていた。

やけに頬骨のとびだした骸骨面《がいこつづら》の侍が、五、六歳ぐらいの男の子の襟首をつかんで強引にひきたてようとしている。子供の母親らしい女がその侍の袴の裾にすがりつき、懸命に許しを請うているところだった。

「どうか、ご勘弁なされてくださいまし！　この子のご無礼はなんとでもお詫びいたしますから、なにとぞお許しくださいませ！」

まだ三十前らしい、その女の身なりは粗末なものだったが、言葉づかいの端ばしに育ちのよさがうかがえた。

「ええいっ！　くどいわ！」

女の必死の哀願が、なおさら侍を居丈高にさせた。

「この悪たれは殿のご馬前を横切ったばかりか、あろうことか落馬なされた殿に悪態までつきおったのだ！　お屋敷にひったてて、殿のお仕置きをうけさせねば供をしておったわれらの面目がたたん！」

――ははぁ、そういうことか……。

平蔵にも、どうやらことのいきさつが飲み込めた。

「お願いでございます！　どうかお許しを……」

女は侍の袴の裾だけが命綱というようにつかんで哀願をくりかえしている。

その侍の連れらしいのがふたり、長屋の入り口に佇み、薄ら笑いをうかべながら眺めている。見たところ大名屋敷の勤番者ではなく、旗本の家人のようだった。

ぶっさき羽織に袴姿の侍が頭株で、いきりたっているのが旗本の供侍格、もうひとりは若党というところらしい。

「ええい、離せ！　離さんかっ！」

いらだった侍はすがりついて離そうとしない女の肩を思うさま蹴りつけた。仰向けに転倒した女の裾が割れ、目にしみるような白い内股が無残に人目にさらされた。

ぶざまに両足をひろげて倒れた女を見て、若党らしいのが下卑《げび》た声をあげた。

「おっ、毛饅頭が見えたぞ。これは見ものだ」

あろうことか腰をかがめてのぞきこんでいる。

旗本の家来も品《ひん》さがったものだと、平蔵が舌打ちしたとき、襟首をつかまれ、もがいていた腕白坊主が、手足をバタつかせながらも悪態をついた。

「なんでぇ！　馬に乗ってたおめぇっちの親玉が、侍のくせに馬からおっこちたから、下手糞といっただけじゃねぇか！」

よほど利かん気の腕白坊主らしい。

「こやつ！　まだ懲りぬとみえるわ！」

頭に血がのぼったか骸骨面の侍は子供の襟首をつかんだまま、ぐいっと牛蒡《ごぼう》ぬきに宙に吊しあげた。

「うわっ！　なにしやがんでぇっ。かぁちゃん、助けとくれよっ」

ころあいと見た平蔵は、

「待たれよ」

と声をかけておいて、人垣の前に出た。

「どうやら、その子が粗相《そそう》をしたようだが、なにせ見られるように年端《としは》もいかぬ子供のしたことだ。そのあたりで勘弁してやってもらえんか」

「なにぃ」

　骸骨面が血走った目を平蔵に向けた。

「なんだ、きさまは！　見たところ素浪人らしいが、よけいな口だしはためにならんぞ。すっこんでろ！」

　額の青筋がさらに太くなり、頭ごなしに威嚇してきた。

「たしかに、よけいなことかも知れんが、その子をお屋敷にひったてたあと、どうなさるおつもりかな」

「こやつ!?……どうしようが、きさまが口だしすることではないわ！」

「そうはいかんな。町家の長屋とはいえ、ご公儀のお膝もとでござるぞ」

「………！」

「たとえ町人の子とはいえ、めったなことをなさるわけにもいきますまい。見たところ、もはや、子供も充分に懲りておるようす。このあたりでお引き取りになるのが上策ではござらんかな」

　口上は穏やかだが、ご公儀をもちだし、じわりと釘をさした。

「お、おのれっ！　口はばったいことを……」

　痛いところをつかれ、ぎくっとしたらしいが、ひっこみがつかなくなったのだろう。侍はふいに吊しあげていた子供をドサッと路上に投げ飛ばすと、腰をひねりざま、刀の鞘をはらった。

ギラリと青光りする刀刃《とうじん》を見て、人垣がドッとうしろに崩れた。

そのすきに女が子供を両腕にしっかりと抱きしめるのを見届けてから、平蔵はゆるりと女子供をかばうように立ちふさがった。

「なにか、気にさわることでも申したかな」

「抜け！　素浪人。そのへらず口、ふさいでくれる！」

青筋をぴくつかせながら、さっと草履を脱ぎ捨て、足袋跣足《たびはだし》になった。瘦せぎすで、上背こそないが、着衣の下の筋骨は相当に鍛えあげたものだ。剣にもそれなりの自信があるのだろう。上段にふりかぶった構えはなかなかのものだった。

——この分では、とても丸くはおさまらんらしいな。

平蔵はかすかに左足をひいたが、両手はだらりとたらしたままだった。

鐘捲流は「融通無碍《ゆうずうむげ》」の境地を神髄とする。心気を無にし、相手に即応する居合い技も、そのひとつである。

それを見て、ぶっさき羽織の侍が、

「横川。油断すな。こやつ、できるぞ」

と声をかけたが、すでに刀を抜いてしまった侍の耳には入らなかったらしい。

「きぇっ！」

獣のような声をはなつと、一気に上段から刃をふりおろしてきた。

刃唸《はうな》りがするほどの剛剣だった。平蔵が腰をひねってかわすと、侍は間髪をいれず剣先をかえしざま、飛燕のように跳ねあげてきた。

その剣先を一寸の間に見切った平蔵は、鞘をはらった刃の峰をかえしざま、瞬速の小手を送りこんだ。

鈍い音がした。ポロリと刀を落とした侍は、

「う……ううっ！」

手首をおさえながら苦痛の声をあげ、しゃがみこんでしまった。

すでに平蔵の刀は、鞘におさまっている。

「横川さんっ！」

見ていた若党が血相を変えて飛びだそうとしたときである。

「おっ、なんだ、なんだ！　喧嘩か」

とんきょうな声をあげながら、片手に角樽《つのだる》をぶらさげた剣友の矢部伝八郎が巨体をゆすって露地の入り口に姿を見せた。

なにしろ矢部伝八郎は五尺八寸（約百七十六センチ）、恰幅《かっぷく》も堂々たる偉丈夫である。飛びだしかけた若党が立ちすくんでしまった。

「伝八郎！　手だしは無用だぞ」

平蔵は渋い目を向けた。

伝八郎が一枚嚙むとろくなことにならない。

「わかった、わかった。ま、平蔵の腕なら、こんな糞蠅《くそばえ》を片付けるのに手間暇はかからんだろうて」

いつもながら、伝八郎は口が悪い。

「な、なにぃ!?」

案の定、伝八郎の挑発にのせられ、いったんひるんだ若党がいきりたった。

「いま一度、もうしてみよ！」

「ほ、糞蠅も恥ということを知っとるようだ。おもしろい！　なんなら、わしが相手になってやってもよいぞ」

矢部伝八郎が待っていたといわんばかりに目を細めた。

「よさんか、伝八郎。気の毒だが、おまえの出番はなさそうだ」

駄目をおしておいて平蔵は、ぶっさき羽織の侍に目を向けた。万事はこの男の腹ひとつだと見当がついていたからである。

「いかがかな。そろそろ役人どもが駆けつけてくるころだろう。そうなってはことが面倒になると思うがね」

「よかろう」

ふところ手のまま眺めていたぶっさき羽織は、苦虫を嚙みつぶしたような顔を若党に向かってしゃくりあげた。

「庄五郎。やめておけ」

「で、ですが、堀江《ほりえ》さま……」

庄五郎とよばれた若党は釈然としないようすだったが、堀江という侍はそれには目もくれず、平蔵に底冷えのする目を向けた。

「ひさしぶりに鐘捲流の太刀さばきを見た。なかなか使うようだな」

「……………」

「わしは堀江嘉門《かもん》という。さる旗本家の、ま、いわば食客のようなものだ」

堀江嘉門は口をゆがめて、吐き捨てた。

「なに、もとはといえば、その小僧の悪たれからはじまった戯《ざ》れごとでな。あまり褒められたことではない。おぬしの鐘捲流に免じて、今日のところはひきあげるが、その面《つら》は忘れんぞ」

「よかろう。覚えて欲しくもないが、おれは神谷平蔵という、この長屋に住まいしている者だ。逃げも隠れもせぬよ」

「よし、神谷平蔵、だな」

堀江嘉門はかすかに顎をひくと、すっと踵《きびす》を返した。

「ほ、堀江さま」

残された若党は、あわてて呻いている侍の腕を肩にまわし、だきかかえるようにして、あたふたと堀江嘉門のあとを追っていった。

それまで鳴りをひそめて見守っていた長屋の住人たちから、ドッと喚声が湧きあがった。

「お武家さま、ありがとうございました。この、ご恩は一生……」

悪たれ坊主の母親が平蔵の前に土下座し、深ぶかと頭をさげた。

髪はざんばらにくずれ、あられもない姿だったが、長屋住まいの女房らしくない品のいい顔立ちをしている。

「わたくし、縫《ぬい》ともうします。いずれ、あらためましてお礼にうかがいます」

「縫さんとやら、礼もへちまもない。おなじ長屋住まいの、いわば仲間うちではないか。今日のことは、もう忘れてしまうことだな」

縫の背中に蟬《せみ》のようにしがみついていた悪たれ坊主がにっと笑いかけた。

「つえぇなぁ、おじちゃん。おいらにも剣術おしえとくれよ」

「伊助《いすけ》！」

縫の手が、悪たれ坊主の頬っぺたで音を立てた。

「ほんとに、おまえという子は！」

「だってよう。下手糞だから下手糞といってやっただけじゃねぇか」

「まだ、そんなことを！」

「ふふふ、坊主、その肝ッ玉はなかなか見所があるぞ」

「また、よけいなことをいう」

平蔵は伝八郎をにらみつけておいて、

「わけはどうあれ、大人に悪たれをつくのはいかんぞ、坊主。ことに相手が侍となれば、なおさらだ。下手をするとおまえの首が飛ぶことになる」

わざと怖い目をしてみせ、伊助という腕白坊主をたしなめた。

「伊助！　お武家さまのおっしゃるとおりですよ。もし、お武家さまがいらっしゃらなかったら、いまごろ、おまえは……」

「縫さん、その、お武家さまというのはやめてもらえんかな」

けげんな目になった縫を見て、またまた伝八郎がしゃしゃり出た。

「こやつの言うとおりだよ、縫さん。なにせ、この男は餓鬼のころから血の気が多いのが玉に傷での。怒らせると手がつけられんが、なに、稼業は病い、金創《きんそう》なんでもござれの医者だよ、医者」

「え……」

これには、縫も驚いたが、まわりに群がっていた長屋の住人もどよめいた。

「おい聞いたか。このお侍、ほんとはお医者の先生だとよ」

「たまげたな。お医者の先生が越してきたとなりゃ、この長屋も株があがるぜ」

「ほんとですか、先生。いや、お武家さま……」

とたんに賑やかになった人垣を見渡した伝八郎、にやりと平蔵を見て、

「なんだ、なんだ。きさま、まだ、医者の披露目《ひろめ》をしておらなんだのか。そりゃまずい。手ぬかりというものだ。これから医者で飯を食おうというからには、早速に看板をぶちあげるのが商売の常道というものだ」

この伝八郎、剣の腕もたつし、気もいいが、なにかにつけ、口だしが過ぎる。

「ようし！　きさまのかわりに、わしが披露目をしてやろう」

伝八郎は手にした角樽を足元におくと、辻説法でもはじめそうな目で人垣をずいっと見渡した。

「よいか、ご一同！　この神谷平蔵はな、そんじょそこらの藪医者とは違い、長崎に留学し、オランダの医法まで身につけてきたという本格の医者だ」

「へぇえ、おい、オランダだとよ」

「こりゃ、てぇしたもんだぜ。本郷の玄庵《げんあん》なんてぇ藪たぁ格がちがわぁな」

「ね、ねぇ。このオランせんせい、そんなにえらいのかい」

「あたぼうよ！　なんたって、おめぇ、長崎げえりのお医者とくりゃ、大名から吉原《なか》の花魁《おいらん》まで迎え駕籠がくるてぇくらいのもんよ」

「こらこら！　肝心のところではぐらかすな」

えへん、とひとつ咳ばらいした伝八郎、いよいよ辻説法に身が入ってきた。

「みなも見てのとおり、こやつ、剣の腕も折り紙つきだが、ひとつだけ始末に悪い癖があっての。ときおり気の向くまま、風の吹くまま、ぶらりどろんと行方をくらましてしまう。ゆえに仇名をぶらり平蔵という」

「いいかげんにしろよ、伝八郎」

ほうっておいては何をいいだすかわかったもんじゃない。いそいで話をそらすことにした。

「だいたいが、真っ昼間から角樽なんぞぶらさげて、なんのつもりだ」

「おっ、それよ、それ！」

ころっと忘れていたらしく、あわてて足元の角樽に手をのばした伝八郎、うれしそうに破顔した。

「きまっとろうが。きさまの引っ越し祝いじゃないか。うん、それに開業祝いということもある。ひとつ盛大に飲《や》ろう。盛大にな」

勢いこむ伝八郎の顔を見て、なんとなく嫌な予感がしてきた。

四

——病《やまい》　金創《きんそう》　骨折《こっせつ》　腫物《はれもの》　よろず診療所《しんりょうどころ》——

檜《ひのき》の五分板に墨痕も鮮やかに大書した看板を長屋の戸柱にかけてから二十日あまりが過ぎた。ふりがなをつけたのは、漢字が苦手な下町の者にもわかりやすいだろうという伝八郎の意見からだった。

また腫れ物をことさら看板につけ足したのは、腫れ物は怪我や骨折とおなじくらい人びとの悩みの種でもあり、ちょっとした傷口からの化膿が命とりになることがままあることを痛感していたからでもある。

隣の大工の源助が丁寧に鉋《かんな》をかけてくれた檜の看板は、長屋に不釣り合いなほど立派なものだったが、客足のほうは看板倒れだった。

開業してから、患者らしい患者はわずかに五人というお寒いありさまである。

開業して三日目に、七つになる左官の伜《せがれ》が大川に転落して前歯を二本折ってかつぎこまれてきた。血だらけの伜に母親は半狂乱になっていたが、折れた歯は乳歯で、いずれ生えかわるから案じることはなかった。

ふたり目の患者は荷ない売りの古手屋《ふるてや》の女房で、亭主が行商にでかけて十日も帰ってこないというので串団子を自棄《やけ》食いし、胃痙攣《いけいれん》を起こしたという。まるで落語のタネにでもなりそうな、なんともしまらない患者だった。

三人目は瓦葺《かわらぶ》きの職人で仕事中に足をすべらせて二階の屋根から転落し、脛の骨を折ったらしい。戸板に乗せられ、仲間の手でかつぎこまれてきた。折れた足に湿布し、添え木をして包帯を巻きつけ、あとは骨が固まるまで家で寝ていろといって聞かせたが、

「寝てちゃ、おまんまの食いあげになっちまいまさぁ。なんとか早いとこ仕事に

でられるようにしてくだせぇよ」

と泣きつかれ、治療よりも、なだめるのにひと苦労した。

四人目の患者は尻に梅干し大の腫れ物ができた提灯張りの職人だった。患部が熟れた鬼灯《ほおずき》のように腫れあがっていたから、切開して膿《うみ》をだすしかなかったが、男の癖にバッタのように暴れて悲鳴をあげるのには参った。

そして五人目は、三日前の昼頃、根津権現の境内でやくざと大喧嘩して匕首《あいくち》で太腿を刺された鳶《とび》職が仲間の手でかつぎこまれてきた。診療室に使っている板の間に血溜まりができるほどの深手だった。

やくざと喧嘩するほどの勇み肌の男だけに、ぴいぴい泣くようなことはなかったが、処置をおえるまでに小半刻《こはんとき》もかかった。

この五件の治療代が〆《しめ》て二両一分と二朱三百文。駕籠で往診するような大名、富商が相手の医者なら、まず十両は軽くふんだくるだろう。二両一分二朱三百文は町医者としても高くはないはずだが、この治療代さえまともに支払ってくれないのには平蔵も弱った。

きちんと払ってくれたのは倅の歯の治療をしてやった左官の職人と、提灯張りの職人だけで、瓦職人と鳶職は節季払いにしてくれというし、古手屋の女房は亭主が行商から帰ってこないので払うに払えないという。

「きっと旅先で性悪な女にひっかかってるんですよ。このまんまだと、あたしゃオマンマの食いあげになっちまう」

泣きつく女房を見ると、治療代はあきらめるほかなさそうだった。

ほかにも患者が何人かきたが、いずれも暇をもてあましている婆さんや爺さん連中で、やれ息子や娘がかまいつけてくれないとか、やれ嫁がだらしないだの、婿が冷たいだのとらちもない愚痴をこぼしたいだけでくる手合いだった。腰が痛いだの、足が吊るだのと口実をつけてはくるものの、つまりは四十肩、五十腰のたぐいで、按摩《あんま》にかかるか、お灸《きゅう》をすえたほうが早い口だ。

おなじ長屋の住人だから、むげに追い返すわけにもいかなかったが、とてものことに治療代をとるわけにいかない。

とどのつまり、平蔵のふところに入った現金は二十日間で、〆て一両一朱と二百文、半額にも満たなかった。

「おい。それで家賃を払って、食っていけるのか」

と、伝八郎が危惧《きぐ》するのも無理はない。いくら長屋のひとり住まいでも、月に二両はないと顎《あご》が干上がってしまう。大工の源助でも月に二両二分から三両は稼ぐというのに、いくら先生などとおだてられても、大工や左官よりも実入りがすくないという情けないありさまだ。

いまのところは兄の忠利から「当座の入り用にしろ」ともらった十両と、嫂の幾乃が内緒で「暮らしの足しに」とくれた五両の金でなんとか食いつないでいるが、先行きの見通しは、はなはだ暗いものがある。

――この分では伝八郎のいうように開店休業ということになりかねんな。

ぼやきたくもなるが、平蔵は生来の極楽とんぼだから、

――ま、くよくよしてもはじまらん。そのうち、なるようになるだろう。

ぶらり平蔵の仇名どおり、吹く風まかせで過ごしている。

ただ始末に悪いのは、患者がこない医者ほど退屈なものはないということだった。なにしろ二十日あまりで五人しかこないのだから、ほとんど終日、のんべんだらりと昼寝して過ごしているようなものである。それでも、いつ患者がこないともかぎらないから、気楽に出歩くわけにもいかない。

平蔵は畳敷きの奥の六畳間で頬杖ついて寝そべりながら、芽ぶきはじめた柳の緑をぼんやり眺めていた。

ひとりきりなら、もういい加減ぶらりと出かけてしまいたいところだが、今日

は朝早くから縫がやってきて、襷がけで診療室の板の間を甲斐がいしく雑巾がけしてくれている。気ままにぶらりをきめこむわけにもいかなかった。

伊助の一件があってからというもの、縫はなにかにつけてこまやかに平蔵の世話を焼いてくれるようになった。ヒジキと油揚げの煮付けや、きんぴら牛蒡《ごぼう》などの飯の菜の差し入れに始まり、いまでは飯炊きから掃除、洗濯までしてくれるようになっている。

縫にしてみれば、息子の伊助の危機を助けてもらった恩返しのつもりだろう。むろん平蔵は「そんな気づかいは無用」といちおうは断った。しかし、縫は「それでは、ひとの道に外れまする」と言ってきかない。

縫が亭主持ちなら、まだしも断りようがあるが、縫は三年前に夫に死に別れて、いまはだれに気がねすることもない身だという。

「いくら、ひとり身とはいえ、俗にひとの口に戸は立てられんという。おかしな噂でもたてられたら縫さんも困るだろう」

らしくもない分別臭いことを言ってみたが、

「女のひとり身はなにもなくても、あらぬ勘繰りをされるものです。いちいち気にしていてはきりがありませぬ」

澄ましたもので、まるで取りあうようすもない。

それに口さがない長屋の女房たちも、縫がこれまでひとり身を通して、伊助を育ててきた苦労を知っているからか、妙な僻目《ひがめ》で見るものはいなかった。

縫の夫の前原伊織は美濃岩村藩で八十石の禄を食んでいた侍だったが、七年前、藩が幕府の咎《とが》めをうけて取り潰しにあった。食禄をうしない浪人になった夫と二人で江戸に出てきたものの、夫は流行《はや》り病いをこじらせて病没してしまったため、江戸に出てくる途上の旅籠《はたご》で生まれた伊助とふたりきりになってしまった。

これといって頼りになる親戚もなく、幼い伊助をかかえた縫は途方に暮れたが、娘のころ母からみっちりと着物の仕立てを教わっていたことが幸いした。差配の六兵衛の肝煎《きもい》りで、日本橋の老舗《しにせ》の呉服商を紹介されたところ、縫は男物も仕立てられるばかりか、縫が仕立てた着物は着崩れしないと客の評判も悪くなく、いまではほかにも何軒かの呉服屋の注文をうけるようになっているという。

「おかげで暮らし向きに困らずにすみました」

縫はさり気なく笑っているが、男の平蔵でさえ、ひとり口を養いかねているというのに、女手ひとつで育ち盛りの伊助にひもじい思いもさせず、寺子屋にまで通わせている甲斐性は並の女のものではない、と平蔵は感心する。

縫は判でおしたように、毎朝、六つ（六時）の鐘とともに起きて飯の支度をし、伊助と朝飯を食べると、さっさと掃除洗濯をすませ、新石町の無蓋寺《むがいじ》の和尚がひらいている寺子屋に通っている伊助を送りだしてから、五つ（八時）の鐘が鳴るころには平蔵のところにやってくる。

平蔵が顔を洗い、指に塩をつけて歯を磨いているあいだに、縫は手早く米を研いで竈《かまど》に釜《かま》をかけ、火加減を見ながら、味噌汁を作り、糠漬けの香の物をだして平蔵の朝飯の支度をととのえる。

平蔵が飯を食っているあいだに水道桝の洗い場で汚れ物を洗い、裏の物干し竿にかけると、休む間もなく掃除にかかる。

「たかが三部屋しかない家だ。そう、毎日、掃除することはあるまい」

そう、平蔵は言ってみたが、

「ここは神谷さまのお住まいだけではなく、病人や怪我人が治療にくるところではありませぬか。埃《ほこり》や塵《ちり》も病いのもとになるとおっしゃったのは神谷さまですよ」

切りかえされ、平蔵も二の句がつげなくなった。

意外なことに縫は家事だけでなく、平蔵の治療の手助けにもなってくれた。

尻におおきな腫れ物ができた提灯張りの職人は、患部が化膿しきっていて切開するしかなかったが、だらしないことに刃物を見ただけで怯《おび》えている。

患部を切るとき暴れられても困るし、切開した傷口を焼酎で洗うときも動かないようおさえつけておく必要がある。戸板に縛りつけるほどのことでもなし、どうするか迷っていたとき、縫が「それくらいのことなら、わたしがやります」と言って、腹這いになっている男の関節を巧みにおさえ、身動きできないようにしてしまった。大の男を赤子のようにあしらった縫の手並みは実に鮮やかなものだった。

あとから聞いたところによると、縫は国元にいたころ柔術の道場に通って「目録」までいったという。武道の「目録」は、「切り紙」より格上である。素手の男ひとりをとりおさえるぐらいは、縫にとって造作もないことだったのだ。

太腿を匕首《あいくち》で刺されてかつぎこまれた鳶職人の傷は、いまどきの軟弱な侍なら見ただけでも卒倒しかねないほどの深手だったが、縫はすこし顔色が青ざめたものの、気丈に平蔵を手伝ってくれた。

さいわい、相手のやくざは喧嘩なれした男《やつ》だったらしく、匕首で刺したものの切っ先を返して刳《えぐ》ってはいなかったから傷口は綺麗だった。それでも薄桃色の肉が見えて血がとめどなく噴きだすから、診療室の板の間は血腥《ちなまぐさ》い修羅場になった。

手早く傷口を焼酎で洗い、血止めと化膿止めの膏薬《こうやく》を塗りこみ、縫合したあとを包帯で巻きおえるまでの処置は平蔵も汗だくになるほどだったが、その間、縫は落ち着いて平蔵を手伝い、寸時も目をそむけることはなかった。

「さすがは武家の出だな」

処置をおえてから平蔵が褒《ほ》めると、縫はなにを勘違いしたのか、

「おなごらしからぬ、と思われたのではありませぬか」

頬をほんのり染めて恥じらった。

術後だけに、縫の手指にも、頬にもべったりと血糊がこびりついていたが、そういう縫の表情を、平蔵はむしろ女らしく、美しいと思った。

下町だからというわけでもないだろうが、これまでのところ患者は本道（内科）よりも外道（外科）のほうが多い。

縫がいてくれると平蔵もおおいに助かる。いまや、縫は平蔵にとってというよりも、診療所にとってかかせぬ存在になりつつあった。

五

縫が六畳と三畳の畳の部屋も掃除したいというので、そのあいだに平蔵は表通りの湯屋に出かけた。

いまだに平蔵はどこに出かけるにも刀だけは忘れない。武士を捨てきれないというよりも、敵持《かたきも》ちの身の因果というものだろうとあきらめている。

江戸の町家は老舗の大店《おおだな》でも内湯はないから、奉公人はもちろんのこと主人まで仕事をおえると町内の銭湯に出かける。入湯料は八文ときまっていて、常連客は手桶《ておけ》から手ぬぐい、糠袋まで番台にあずけてある。

平蔵が行く銭湯は亀湯といって、番台に町内でも器量よしと評判の娘が座っているせいか繁盛していたが、さすがに昼前はすいていた。

番台の横にある刀架けに腰の物をかけ、あずけてある手ぬぐいを受けとって籠に着衣を脱ぎいれ、洗い場に入った。

浴槽は柘榴口《ざくろぐち》をくぐった奥にある。脱衣場には明かりとりの窓があいているが、柘榴口を一歩入った浴室は暗い上に湯気が立ちこめていて、湯につかっているひとの顔もぼおっと霞んでいる。

浴槽には火消しらしい男がふたりと、白髪頭の爺さんがひとり、それに隅のほうに月代《さかやき》を剃りあげた侍らしい男がふたり、おぼろげに見えた。

湯屋は一度熱くしておいて、昼過ぎにもう一度、追いだきをする。それまで湯が冷めないように上部に板仕切りをした柘榴口をもうけて、湯気をできるだけ逃がさないようにしてあるのだ。

だから、この時刻の湯は恐ろしく熱い。その熱い湯を我慢するのが江戸っ子の心意気ということになっているが、なに、ほんとうのところは痩せ我慢をしているだけだと平蔵は思っている。湯あたりして気分が悪くなる者もいるくらいだから、医者としては痩せ我慢もほどほどにしろと言いたいところだった。とはいうものの、熱いからといって水でうめたりすると怒りだす者もいるし、何度も追いだきをさせられては湯屋も八文ではやっていけないと悲鳴をあげるだろうから、平蔵も熱い湯を我慢することにしている。

ヒリヒリしみるような湯につかりながら威勢のいい火消したちの与太話を聞いていると、柘榴口から矢部伝八郎が窮屈そうに巨体をかがめて入ってきた。

「ここだ。ここだ」

と手をあげてみせると、

「おお、いたか」

のそのそとやってきて、ろくにかけ湯もせずにザブリと湯船に入ってきた。

「アチチチッ！」

「ばか。かけ湯をしないでいきなり入るからだ。心の臓に悪いぞ」

「なぁに、おれの心の臓には毛がはえておるからな。すこしぐらいのことではびくともせん。……とはいうものの熱いのぅ」

「朝っぱらから、なにしにきたんだ」

「よくいうわ。ちくと小耳にはさんだことがあってな。きさまに知らせてやろうと思ってわざわざ来てやったんだぞ」

「ほう。金に糸目はつけぬという太っ腹な病人でも見つけてくれたのか」

「そういうさもしい話ではない」

「なんだ。もったいつけずに早く言え」

「待て、待て、そうせかせるな」

借り物の亀湯の染め抜き手ぬぐいを河童の皿のように頭に乗せると、

「おい、ところできさま、縫どのと……その、これもんの仲か」

親指と人差指をちょこちょことつまみあわせ、卑猥《ひわい》な目つきでニヤリとした。

「なんだ、これもんとは……」

「とぼけるな。縫どのと、いたしたのなら、いたした、いたした、と白状しろ」

「ははぁ、そういうふうに見ておるのか」

平蔵は苦笑いした。

「きさまも品《ひん》さがったもんだな。そういうのを下衆《げす》の勘繰《かんぐ》りというんだ」

「ふふ、なにも、そう睨《にら》むことはあるまいて。五体壮健な男女がひとつ屋根の下で毎日のように面《つら》つきあわせていれば、なんとかならんほうがおかしい。ん、そういうもんだろうが。ふと目と目があい、なにかの拍子に肩と肩がぶつからんでもない。そうなれば、あとは一本道よ。おたがい何はばかるものもないとあれば、行きつくところはひとつ、男と女が睦《むつ》みあうのに品も糸瓜《へちま》もあるか」

伝八郎の想像力はとどまるところがない。

平蔵はあきれて反論する気にもなれなかった。

「それに縫どのは、たいがいの男がついムラムラッとなって不思議はないおなごよ。おれが戸障子をガタピシとあけて土間に入るとな、縫どのは手ぬぐいを姉さまかぶりにして箒《ほうき》でチリを掃きだしておったが、おれの顔を見るなり、いそいで姉さまかぶりを取り、からげていた矢絣の裾を直し、これは矢部さま、おいでなされませ、ときた。その目の色気というものはなかったな。おりゃ、ゾクリとしたわ」

伝八郎はひとりで悦にいっている。

「ありゃ、ええのう。……うん、ありゃ飛びきりの上物よ」

どこで覚えたのか、伝八郎は上方訛《かみがたなまり》までつかってひとり合点でニヤついた。

平蔵はばかばかしくなった。

「ははぁ、さてはきさま惚れたのか」

「な、なにをいうか！」

どうやら図星らしい。ザブリと顔を湯で洗ってごまかした。

「おれにはそんな邪念は毛筋ほどもない。誓ってもいい」

「ひとり身の男が、ひとり身の女に惚れるのは邪念かね」

「い、いや……その、つまりだな」

「いい加減にしろ。そんな他愛もないことを言うために八文払って、わざわざ湯に入りにきたのか」

「おっと、忘れておったわ。それよ、それ……」

ようやく伝八郎は本題を思いだしたらしい。すっと真顔になって顔を近寄せてくると、声を落とした。

「きさま、磐根《いわね》藩《はん》の柴山外記《しばやまげき》という家老と昵懇《じっこん》の間柄《あいだがら》だと言っておったな」

「ああ、磐根にいたときはずいぶんと世話になったし、長崎に留学するときも格別の計らいをしてもらった。いわば恩人といってよいが……」

ふいに平蔵の顔が険しくなった。

「おい、柴山さまの身になにかあったのか」

「うむ。どうやら、殺害されたらしい。それも闇討ちだというぞ」

伝八郎が一段と声を落としてささやいた。

「なに……」

平蔵の声が思わず大きくなった。

「まこと、か」

「兄者《あにじゃ》から聞いた筋だから、まず、まちがいはあるまい」

平蔵は黙したまま深ぶかとうなずいた。

矢部伝八郎の兄の小弥太《こやた》は隠密廻《おんみつまわ》り同心《どうしん》である。

南北両町奉行所の同心には隠密廻りのほかに定町廻りと臨時廻りがある。定町廻りと臨時廻りは俗に「八丁堀の旦那」とよばれて町民には強面《こわもて》だが、身分は与力の支配下に入っている。ところが隠密廻りは奉行の直属で、南北両奉行所にそれぞれふたりずつと人数もすくなく、同心のなかでは格上の存在だった。

隠密廻り同心は奉行の直属だけに、幕閣中枢の重要事項も耳に入りやすい役柄である。その兄から聞いたというからには確かなことだろう。

平蔵はザブッと立ちあがった。

「伝八郎、その話くわしく聞きたい。上に行こう」

どこの湯屋にも湯あがりの客のために休み所がもうけてある。じっくり話をするにはもってこいの場所だった。

平蔵につづいて伝八郎も湯からあがって柘榴口をくぐりぬけた。それを見送って、湯船の隅でつかっていたふたりの侍が、目でうなずきあいながら静かに腰をあげた。

六

亀湯の休み所は二階にあり、板の間に莫蓙《ござ》を敷いて湯あがりの客が一服できるようになっている。頼めば番茶や饅頭も持ってきてくれる。碁盤や将棋盤もおいてあるから、暇つぶしにはもってこいの場所だ。

今日も近所のご隠居がふたり、碁盤をはさんで烏鷺《うろ》の勝負に熱くなっていた。

平蔵は隅の一角に伝八郎を誘い、番茶を頼むと、伝八郎が耳にしたという情報をことこまかに聞きだした。

「数人もの刺客に襲われたとなると、ただの怨恨ではなさそうだな」

「むろん、そうだろう。襲ったやつらは単なる手駒にすぎまいて。陰で糸をひいている黒幕がいることは、ほぼ間違いあるまい」

「…………」

「兄者の話では柴山外記という人物は次席家老とはいえ、藩政をひとりで切り回していた実力者だそうだな」

「うむ。養父《ちち》も磐根藩においておくには惜しいほどの器量人だと言っていたし、おれもそう思う。藩公の信頼も厚かったから、いずれは筆頭家老になると藩内のだれもが思っていたはずだが……」

「ところがどっこい、それが気にいらん者が藩内にいたというわけだ」

「すこしちがうようだな」

「どこが、だ。どの藩でも、実力者を消して藩の実権をわがものにしようと考えるやつは腐るほどいるもんだぜ」

「たしかに、二年前までは磐根藩にもそういう輩《やから》がいた」

「二年前というと、例のお家騒動があったときか」

「うむ。いまの藩公が家督を相続されるのに異論を唱える一派があって、その首謀者が倉岡大膳《くらおかだいぜん》という筆頭家老だった」

「おぬしの養父だった神谷夕斎《せきさい》どのを暗殺させた張本人だな」

「だと思うが、当の倉岡大膳がこと成らずとわかって、おのれひとりで腹を切って自裁《じさい》してしまったから、いまだに真相は藪の中だ」

「しかし、きさまから倉岡派は藩内から一掃されたと聞いたぞ」

「いちおうは、な……」

「では、まだ残党が残っておるということか」

「そりゃいるだろうな。一掃されたとはいっても、なにせ、藩公は家督を継がれたばかりだったから、あまりことを荒立てては公儀への聞こえもまずい。主立った連中を処分するだけですまされたのではないかな」

「ふうむ。すると、またぞろ、そのときの残党がうごめきはじめたということか」

「そこがわからん。……倉岡大膳は奸物《かんぶつ》だったが、柴山さまとはりあうだけの力量も名声もあった。なにしろ、そのころはまだ世子だった、いまの藩公に毒を盛ろうと企んだほどの男だ。肝の据わり方も並ではなかった」

すでに冷めてしまった番茶を一気にごくりと飲み干した。

「ところが、いまの磐根藩に、倉岡大膳に匹敵するような人物がいるとは思えん。倉岡派の残党がいたとしても、雑魚《ざこ》ばかりではなにもできん。実力のある首謀者がいなくては柴山さまを殺害したところで、見返りに得るものがない。それでは雑魚も命懸けで働く気になれんだろうが」

「ううむ、たしかにな……」

「柴山さまを襲撃した刺客がひとりというのなら、単なる柴山さまにたいする怨恨ということも考えられるが、数人も徒党を組んでの闇討ちとなると、藩内におおがかりな陰謀があると見るべきだろう」

平蔵、しばし黙思していたが、

「な、伝八郎。犬も三日飼えば恩を忘れんというではないか。たしかに、いまのおれは一介の町医者だ。が、二十一のとき、磐根藩の藩医に招かれた養父と同道し、六年間、磐根藩の世話になった。そればかりか、長崎留学の費用も藩がだしてくれた。そう計らってくれたのは柴山さまだ」

平蔵の眼が炯々《けいけい》とひかった。

「磐根藩はもちろん、柴山さまにも恩義がある。その柴山さまが殺害され、磐根藩によからぬ陰謀の臭いがするとあれば、黙って見過ごすわけにはいかん」

伝八郎は気がすすまぬようにためいきをついた。

「まさか、きさま、磐根にもどって柴山外記殺しの下手人探しをしようというんじゃないだろうな」

「そんな無茶はせん。……だいたい、磐根藩にはおれを敵《かたき》と狙う徒輩《やから》がうじゃうじゃいるんだ。それこそ飛んで火にいる夏の虫になる」

「だったら、どうしたいのだ」

「いま、磐根藩がどうなっておるのか、柴山さまの家の者はどうしているのか、そのあたりのことがくわしく知りたいが……」

平蔵の脳裏にチラリと外記の息女《むすめ》の希和の白い顔がよぎったが、それは口にしなかった。希和の名などだそうものなら、伝八郎のことだ、また、想像をたくましくするにちがいない。

「磐根藩の江戸上屋敷に桑山佐十郎《くわやまさじゅうろう》という男がいる。くわしいことを知るにはこいつに連絡をとればいいんだが、おれが屋敷に顔をだすわけにはいかん」

「その使い、おれがひきうけてやろうか」

「頼まれてくれるか」

「きさまとおれの仲ではないか。水臭いぞ」

「ありがたい。もつべきものはなんとやらだな。いま、文をしたためるから届けてくれ」

「その桑山という男、藩ではなにをしておるのだ」

「たしか、おれが磐根にいたころは殿の近習を務めていたな」

「よし、それだけの男なら門番もごじゃごじゃぬかすまいて……」

「それに、おれは白石《はくせき》さまにも会ってみようと思う」

「そりゃいい。新井《あらい》白石どのといえば、いまや上様の学問の師だ。おまけに御側《おそば》用人《ようにん》の間部詮房《まなべあきふさ》さまとも昵懇《じっこん》の仲だと聞いておる。磐根藩の情勢も耳に入ってお るやも知れんからな。うまくやれ」

「うむ。会えるかどうかはわからんが……」

新井白石は当代の碩学《せきがく》である。久留里藩《くるりはん》の土屋家に仕えていたが藩主の発狂により除封《じょふう》され、やむなく浪人し、ついで常陸《ひたち》の堀田家に仕官したが、藩主に世子がないことから除封の非運に見舞われ、またも浪人するという憂き目にあった。江戸に出た白石はしばらく本所で私塾をひらいていたが、師の木下順庵に推挙されて甲府宰相綱豊《つなとよ》の学問の師となった。ところが、五代将軍綱吉に世子がなく、甥《おい》の綱豊が養子に迎えられ、六代将軍家宣《いえのぶ》となるにおよんで、家宣直属の政治顧問となるという波乱の人生を歩むことになったのである。

神谷平蔵は十七のころ、白石が本所でひらいていた私塾の塾生だったことがある。白石は若いころから腸が弱く、年中、腹痛と下痢に悩まされていた。それを知った平蔵は、養父の夕斎に頼んで調合してもらった胃腸の妙薬と下痢止めの薬を白石のもとに持参し、おおいに喜ばれた。

その縁を頼りに行けば、会ってくれるやも知れぬと思ったのだ。

第三章　待ち伏せ

一

神田川沿いに建てられている湯島聖堂前のだらだら坂をくだりながら、神谷平蔵はちょっぴり悔やんでいた。

亀湯の前で矢部伝八郎と別れた平蔵はいったん長屋にもどり、衣服をあらためてから新井白石の屋敷を訪れた。

白石の屋敷は雉子橋御門《きじばしごもん》外の飯田町にある。約三百五十坪の拝領地に浜御殿の一角を移築したもので、なかなか風格のあるたたずまいだった。

門番に来意を告げると、用人らしい白髪の老武士が出てきて、総髪をうしろで結わえた平蔵の風体を目で舐《な》めまわした。あたかも商人が客を品定めするような目つきだったが、そのあげくに、

「殿がおもどりになったら貴殿のことは言上《ごんじょう》しておくゆえ、日をあらためておいでなされるがよかろう」

木で鼻をくったような、にべもない返事がかえってきた。

どんな用件かも聞かず、いつごろ来ればよいでもない。つまりは何度来ようがおなじことだというふうに取れる。

——どうやら、あの爺さんのようすでは、おれが仕官の周旋でも頼みにきた素浪人と踏んだらしいな。

平蔵は坂をくだりながら、ホロ苦い思いを噛みしめた。

——ま、そう見られても無理はないか。

新井白石と面識があるといっても、平蔵がまだ二十歳にもならない昔のことである。そのころの白石は下町の陋屋《ろうおく》で私塾をひらき、弟子の月謝でようやく糊口《ここう》をしのいでいた。

しかし、いまの白石は将軍家宣の学問の師というだけでなく、政治顧問として幕政に参画する権門の身である。

あの爺さんの顔には、かつての弟子が訪れたからといって、いちいち主人に取りついでいてはきりがないという腹の底がみえみえだった。

──つまりは、おれが甘かったということだ。

もう昔の縁を頼るようなことはすまい。そう思ったら、すっきりした。

八つ半（午後三時）を過ぎている。朝飯を食ったきりだったことに気づいたら、急に腹の虫が騒ぎはじめた。

小舟町に入ったところで蕎麦屋の看板がおいでおいでをしている。

時はずれで店内はすいていた。ガツガツと蕎麦をたぐりこんで腹の虫をなだめ、蕎麦湯をすすっていると、店の前を美しい娘が召使いらしい女を供に連れて通りすぎて行くのが見えた。

凜《りん》と張った眸《め》に気品がある。商人の娘ではなく、武家の娘だなと思った。

──目が希和《きわ》どのにそっくりだな。

ぼんやり見送りながら、二年前の深夜、柴山外記の屋敷の前で別れたきりの、希和のことを思いうかべた。

──もう、お会いすることはかなわぬやもしれませぬが、わたくし、平蔵さまのことはけっして忘れはいたしませぬ。

まばたきひとつせず、希和はそれだけを一気に言い切ると、身をひるがえして門内に駆けこんでいった。

希和が投げかけた言葉が、いまだに平蔵の胸の底に棘《とげ》のようにひっかかっている。その棘には痛みがあるが、痛みにはほのかに甘い感傷がまつわりついていた。

――おれが磐根藩にこだわるのは希和どののことがあるからか……。

平蔵は思わず苦い目になった。

たしかに磐根藩には恩義がある。が、それは養父が斬殺されたことでケリはついているとも言える。しかも、磐根藩は養父を斬殺した下手人を探索しようともせず、あやふやなままで結着をつけてしまったのだ。そればかりか、ひとりで養父を殺した下手人を探そうとしていた平蔵を襲った刺客数人をやむなく斬り伏せたが、その刺客の家の者が、いまだに平蔵を敵《かたき》と狙っているという。

「考えてみれば、こんな割りのあわんことはない」

磐根藩になにが起ころうと、平蔵がいまさらお節介を焼く義理はないといえる。

それに、あのとき希和がどんなつもりで言ったにしろ、

――女ごころはなんとやら……。

二年もたてば、当の希和にしても、そのとき言ったことなど覚えていないということも十二分にありうる。

「ま、いずれにしろ佐十郎に会ってみてのことだな」

桑山佐十郎は磐根城下の藤枝道場で知りあった、いわば剣友である。

平蔵よりひとつ年上で、藩では上士の家柄にもかかわらず、年の差や家柄にこだわるようなところは微塵《みじん》もない若者だった。

剣の腕は「目録」というところだが、頭脳明晰《ずのうめいせき》で藩の重役からも将来を嘱望《しょくぼう》されていた。どういうわけか平蔵とウマが合い、毎夜、城下の居酒屋を飲み歩いた仲だった。伝八郎に託した文を見れば、すぐにも連絡をくれるはずだ。

佐十郎は数年前から江戸詰めになっていたが、おたがいの立場を考え、平蔵のほうから避けるようにしてきた。

――おおっぴらに会うというわけにもいかないだろうが、そこは佐十郎のほうでうまく段取りをつけてくれるだろう。

ひさしぶりに佐十郎に会えるのが平蔵は楽しみになった。

すっかり冷めてしまった蕎麦湯の残りをガブリと飲みほすと、親爺に代金の十六文を払って店を出た。

二

曇りがちの空に燕がせわしなく飛びかっている。

風がじめっと湿り気を帯びていた。

おまけに、着つけない紋付き羽織に袴まで着用してきたから、汗がとめどなく噴きだしてくる。

手ぬぐいで襟首の汗をぬぐいながら、新石町の辻番所を通りぬけた平蔵は火除《ひよけ》地《ち》にさしかかったところで、樅《もみ》の大木の根方にしゃがみこんでいる女のようすがおかしいのに気づいた。

髪形や身なりから見て、どうやら武家の妻女らしい。年は三十前後のようだが、臨月近い腹をしている。

「ご新造、もしや陣痛ではござらんか」

声をかけると、女は血の気のうせた横顔で苦しげにうなずいた。

「はい。急にさしこみが……」

青く剃った眉根が苦痛にゆがんでいる。白い豊頰に冷や汗をうかべていた。

「お住まいはこのあたりか」

と尋ねると、首を横にふり、

「明石町《あかしちょう》でございます」

そう答えるのが、精一杯のようだ。

明石町は築地の先、男の足でも半刻はかかる。

「その分では駕籠でお宅まで帰るというわけにもいくまい。失礼ながら、わたしのところにまいられよ。案じられるな。わたしは医者だ」

「お医者さま……」

女の顔にみるみる安堵の色がうかんだ。

「なにか、ございましたので……」

顔見知りの辻番が小走りに近づいてきた。

「おお、見てのとおりだ。すまんがいそいで戸板を用意してくれんか」

「へ、へい！」

素っ飛んでいった辻番が、すぐに近くの商家から戸板とふたりの奉公人を人足がわりに借りてきてくれた。

女を戸板に乗せ、弥左衛門店に運びこむと、長屋の露地で仕立物の洗い張りをしていた縫が駆けよってきた。

「ま、これは……」

縫は一目で察したらしい。

「しっかりなされませ。大丈夫でございますよ」

「産み月らしいが、すぐというわけでもなさそうだ」

「でも、このようすでは急ぎませぬと」

陣痛を必死にこらえている女を戸板に乗せたまま、診療室の板の間に運びあげると、平蔵は辻番と手伝ってくれた奉公人に礼を言って帰した。

「縫どの。このあたりの産婆を知っているか」

「このあたりのおなごは三丁目のお滝さんという産婆さんの世話になっているそうです。だれかに呼びにいってもらいましょう」

「おお、頼む」

女はすこし陣痛が遠のいたらしい。

「お手間をおかけして申しわけございませぬ」

と消えいりそうな声で礼を言った。

「なんの斟酌《しんしゃく》なさることはござらん。ここをわが家と思うて気を楽になされ」

縫が手ぬぐいを水で絞ってきて女の額にあてがった。

「ところで、ご新造。ご亭主に知らせねばならんが、名はなんと申される」

「明石町で井手甚内《いでじんない》と聞いていただければわかります。子供たち相手の寺子屋をひらいておりますゆえ」

「井手甚内どの、だな」

「はい。申し遅れましたが、わたくしは佐登《さと》と申します」

「うむ、わしは神谷平蔵。さる大名家の藩医をしていた者だ。ゆえあってここで医者の看板をあげている」

「藩医を……」

武家の妻女だけに藩医という経歴がきいたらしい。不安に怯えていた佐登の表情がたちまちやわらいだ。

「ところで、ご新造、産み月が近いのにひとりで遠出とは感心しませんな」

「それが、まだ生まれるのはひと月は先と思っておりましたゆえ……三河町の親戚で法事がありましたので、つい……」

「ま、ともあれ出産は病いではござらん。いま、ご亭主に使いを走らせますから、安気に待たれるがよい」

そう言いながら平蔵は戸口に群がっていた長屋の住人たちをふりむいた。

「だれか、明石町まで使いを頼まれてくれぬか」

「あっしがひとっ走りいたしやす」

「おお、由造《よしぞう》か。頼む」

「へい！」

威勢よく駆けだしていったのは提灯張りの由造だった。

「なにからなにまでお世話をおかけし、申しわけもありませぬ」

佐登は身をすくめんばかりに恐縮した。

「なに、あの男は先だって尻に梅干しみたいな腫れ物を作ってピイピイ泣いていたのを治療してやったばかりでな。おまけに治療代もすこし安くしてやりましたから気になさることはありませんよ」

「ま……」

平蔵の言い方がおかしかったのか、佐登はかすかに笑みをもらした。

長屋の女房たちは手なれたもので大釜をもちこんで湯を沸かしにかかったり、晒しの布を用意するやら、出産の支度をととのえるのに大童《おおわらわ》だった。

ところが肝心の産婆の手配がつきそうもないという。

新石町三丁目のお滝は、今月は産み月を迎えている女がいないというので息ぬきに草津に湯治にでかけたらしい。

ほかに近くの産婆をあたってみたが、ひとりは親戚の家に遊びに出かけ、もうひとりは本人が風邪をひいて寝込んでいるという。

「よし、おれがやろう。赤子《やや》の取りあげぐらい産婆を頼まずともできる」

と平蔵が言ったが、縫が反対した。

「殿方の手にかかると思えば佐登さまも気づかいなされます。赤子《やや》の取りあげはおなごの仕事、わたくしがいたします」

「なに……」

「案じられますな。国元では赤子《やや》を産むのに人手は借りませぬ」

そう言うと縫はきっぱりとうなずいてみせた。

「おなごの躰はひとりで赤子《やや》を産めるようにできております。わたくしも産婆の手を借りずに、ひとりで伊助を産みました。……佐登さま、わたくしがお手伝いいたしますゆえ案じられますな」

縫の言葉に勇気づけられたか、佐登も深ぶかとうなずいた。

「よし、それでは縫どのにまかせよう。おれもついておるゆえ安心めされ」

「いえ、神谷さまは奥の部屋にいてくださいませ。出産は殿方に見られたくはないものですから」

平蔵はさっさと追いだされてしまった。

奥の部屋といっても、物置がわりの三畳間をへだてただけのことだが、縫は仕切りの襖をピシャリとしめきってしまった。

なにやら縫に、庇《ひさし》を貸して母屋をとられたような心境だった。

三

佐登の亭主の井手甚内という武士は、年配は四十前のようだが、見るからにもっさりした人物だった。

寺子屋を開いているというから、すこしは人あたりのいい男かと思っていたが、まるでちがった。いちおう身なりはこざっぱりしていたが、顎には不精髭がのびているし、両方の耳の穴から長い毛が四、五本ひょろりと釣竿のように飛びだしている。おまけに恐ろしく口数がすくない男だった。

「こたびは家内がいかいお世話になりもうす」

大刀を脇において挨拶したきりで、あとはなにを尋ねても「はぁ」と「いや」ぐらいで間にあわせてしまう。

――これで寺子屋の師匠がよく勤まるものだ。

と呆れたが、襖の向こうから佐登の陣痛のうめき声が伝わってくるたびに正座していた腰をうかし、気が気ではないようすだった。

ついには自分が痛みに耐えているかのように額に脂汗までうかべている。

夫婦仲はよさそうだな、と平蔵はその点だけは好感をもった。

「ま、落ち着かれたがよかろう。出産には潮時というものがござってな。あの分では、まだ一刻近くはかかりますぞ」

「は……」

「おなごというのは男よりたくましいところがござってな。百姓の女房なんぞは臨月でも田畑に出て働くゆえ、陣痛がくれば野産《のざん》と申して、その場で産み落とすこともあるくらいです。心配はござらんよ」

「は、はぁ……」

さすがにみっともないと思ったのか、井手甚内は太い息をついて心気を鎮めようと努力しているようだったが、あてもなく空を泳いでいた目が、ふと部屋の隅においてある碁盤に吸いよせられた。

「烏鷺《うろ》を嗜《たしな》まれますか」

水を向けると、かすかにうろたえながらも、

「は、いささか。……下手の横好きでござるが」

と、はじめて返事らしい返事がかえってきた。

「それはいい。碁石でもつまんでいれば気もまぎれましょう」

平蔵はさっさと碁盤をもちだした。このままだんまりの睨めっこがつづいては平蔵のほうもたまったものではない。

「さ、一局、いかがかな」

強引に碁笥《ごけ》を甚内のほうにおしやった。

「は……」

甚内先生、しばらくためらうようすだったが、平蔵は委細かまわず黒石のほうの碁笥をひきよせた。いちおう年上らしい甚内に仁義を立て、黒石をとったものの、平蔵は囲碁ではめったにひけを取らない自信がある。

ところが十数手打ちすすむうちに、「これは……」と平蔵、思わず両腕を組んで唸《うな》ってしまった。

なかなかどうして甚内先生、下手の横好きどころではない。

甚内の打つ白石の一手一手が、平蔵の黒石の碁形の急所をついてくる。それも、ときおり襖の向こうから聞こえてくる妻女の陣痛の呻き声を気にしながらだから、甚内先生の棋力は相当なものだと認めざるをえない。

半刻ほどの攻防の末、なんと平蔵の二目負けになった。こうなったら平蔵もひきさがれない。もう一局、ということになった。

ときどき縫や長屋の女房たちが板の間からのぞいては呆れ顔になったが、ふたりは半身をのりだし盤上の攻防に熱中していた。

いつしか日がかたむきかけ、盤上も薄暗くなりかけてきたが、それさえもふたりは気づかなかった。

「うう、うううっ！」

突然、臓腑《ぞうふ》をふりしぼるような佐登の呻き声がしたかと思うと、ふいに元気のいい赤ん坊の産声が聞こえた。

「か、神谷どの……」

甚内が声をうわずらせ、手の碁石をポロリと盤面に落とした。

はじけそうな赤ん坊の泣き声にまじって、女たちのあやす声が聞こえてくる。

甚内は居ても立ってもいられないようすだった。

「ちょいと旦那！」

しばらくして、隣の大工の女房のおよしが襖をあけて飛びこんできた。

「生まれました。生まれましたよ。立派なオチンチンつきの……」

「お、男の、赤子《やや》か」

絶句した甚内は不精髭をふるわせ、みるみる安堵の色を漂わせた。

「さ、どうか見てあげてくださいな」

「う、うむ」

気もそぞろに甚内が産室に向かうのと入れちがいに、縫が入ってきた。

「思ったより安産でした。いま、産湯をつかわせたところです」

いくら出産の経験があるといっても、ひとのお産の介助というのは、また別物なのだろう。縫はまるで自分が出産したようにぐったりしていた。

「臍の緒の始末は」

「はい。焼酎で洗った鋏で、綺麗に……」

縫はほつれた髪の毛をかきあげながら、ほほえんだ。

「みなさまが手伝うてくださいましたから……助かりました」

「そうか、そうか。うむ、よう、やってくれた」

ふいに平蔵は抱きしめてやりたいほど、縫をいとおしいと思った。

そのとき、顔を泥だらけにした伊助が駆けこんできた。

「おじちゃん！　お客さんだぜ」

「これ、伊助！　おじちゃんとはなんです」

縫が怖い顔でねめつけたが、伊助はこたえない。

「いいじゃないか。せんせいでも、おじちゃんはおじちゃんだろ」

「ちがいない。伊助の言うとおりだ」

平蔵は笑いながら土間におりた。

戸口に羽織袴をつけた若侍が佇んでいた。月代《さかやき》の剃り痕も青々としている。供の中間が手にしている提灯には酢漿草《かたばみ》の家紋がついていた。

「なにか、手前どもにご用かな」

この長屋にはなんとも不似合いな客に、平蔵は眉をひそめた。

「それがしは旗本、榊原右京之亮《さかきばらうきょうのすけ》の家人にて八尾半七郎《やおはんしちろう》と申す者。こちらはご医師の神谷平蔵どのがお住まいでござるか」

八尾半七郎という侍は、まるで書面でも読みあげるかのように口上を述べた。

「いかにも、わたしが神谷平蔵だが」

「手前どもの主人《あるじ》が、この先の別宅で腹痛を起こして苦しんでおるゆえ、往診していただきたい。駕籠も用意してまいった。是非、お運びを願いたい」

そう言うと八尾半七郎は懐中から紙包みをとりだした。

「もとより治療代は充分にお支払いいたすが、これは些少ながら往診代としておうけとりくだされたい」

どうやら小判の包みらしく、持ち重りがする。口上にも、手配にも文句のつけようはない。

「ふうむ」

平蔵はじろりと八尾半七郎を見た。丁重さの裏にどこか、とってつけたような違和感があったからだ。

「お旗本ならかかりつけのご医師がござろう。なにも、わたしのような町医者を頼まれることはあるまいと存ずるが」

「いや、かかりつけのご医師はちと遠間でござるゆえ、急には間にあいそうもござらん。それに貴殿は診立て上手との評判を耳にいたしたゆえ、かくはまかり越した次第。曲げてお運びをいただきたい」

「……神谷さま」

縫がかたわらから口添えした。

「なにを迷っておられまする。急の病いとあればすこしでも早く診てさしあげるのがお医師の務めではありませぬか。佐登さまのことならご心配にはおよびませぬ。それにご主人もおられるのですから」

「わかった。では、すぐに支度いたす」

「かたじけない」

八尾半七郎はホッとしたように一礼した。

平蔵は白い医務衣の下に袴をつけると、脇差しを帯にさしながら、

「縫どの。薬箱を頼む」

「はい」

往診用の薬箱を手にすると、素足に草履をつっかけて表に出た。

露地はすでに薄暗い。

「急場ゆえ、身なりは失礼する」

「結構でござる」

中間が灯りをともした提灯を手にし、先に立った。

長屋の入り口に立派な漆塗りの駕籠が待っていた。

平蔵が乗りこむと、駕籠は中間の提灯を先導にやや急ぎ足で走りだした。

縫は長屋の入り口にたたずんで、遠ざかって行く駕籠を見送っていた。

「縫どの……」

うしろから近寄ってきた井手甚内が小首をかしげた。

「いま、使者の者はお旗本、榊原右京之亮どのの家人と申したの」

「はい。たしか榊原さまといえば五千七百石のご大身、そんなところにまで神谷さまのお名前が伝わっているとはうれしいことでございます」

「おかしい。……どうも気にいらぬ」

甚内が呻くように言った。

「わしの知人に榊原右京之亮さまの家人がいるが、家紋がちがう」

「え……」

「酢漿草《かたばみ》を家紋にしている武家は数多いが、右京之亮どのの家紋はおなじ酢漿草でも剣酢漿草《けんかたばみ》だ。……ところが、いま、中間が手にしていた提灯の家紋も、駕籠脇の酢漿草家紋も太陰酢漿草《ふとかげかたばみ》であった。おかしいとは思われぬか」

「……井手さま」

縫の顔が青白く凍りついた。

四

迎え駕籠にゆられながら、心地よくとろとろとまどろんでいた平蔵は、駕籠のきしむギシッギシッという音に目覚めた。

駕籠が斜めにかしいでいるのは坂道にさしかかったからだろう。

昼間の疲れが駕籠の振動とかさなって、睡魔を誘うらしい。

「これはいかん」

急患の往診に行くというのに医者が眠ってしまってはまずい。

平蔵は指で瞼の上をこすりあげ、襲いかかる眠気をふりはらった。

眠気はどうにかおさまったが、耐えがたいほど腹が空いてきた。なにしろ小舟町で蕎麦をたぐったきり、あとは茶腹ですませていたのだ。

それにしても今日はゆっくり飯を食う時間もなかった。

「暇すぎるのも困りものだが、こうバタバタと忙しすぎるのもかなわんな」

ぼやきかけたが、いささか寂しくなりかけている懐具合を思うと、

「贅沢(ぜいたく)は言えん」

自戒した。伝八郎がいまのぼやきを聞いたら「文句をいわず、稼げるうちに稼いでおけ！」と一蹴するにちがいない。

それにしても井手甚内の妻女のお産といい、この往診といい、いつもの長屋の患者とは客の質がちがう。患者としてはまちがいなく上客の部類に入る。

井手甚内は見かけはむさいが、篤実な人柄のようだ。

「ま、赤子《やや》を取りあげたのは縫どのだが、いちおう妻女の急場を救ったのはおれだからな。そこそこの治療代ぐらいはもらってもかまわんだろう」

まさか甚内は治療代を払い渋るような男ではあるまい。しかも二番手は迎え駕籠つきの往診ときた。

「夜分でもあるし、あの口上なら治療代もたっぷりとはずみそうだな」

われながら、つい、さもしい腹づもりをしたくなる。

「まず、三両……いや、五両は包むかな」

——それにしても、駕籠というのは窮屈にできているもんだ。

これまで平蔵はこんな上等の塗り駕籠に乗ったことはない。

町駕籠は窮屈でも左右があいているから我慢できるが、この駕籠は造りが頑丈にできているから、まるで箱にとじこめられたような按配だ。おまけに膝にかかえこんでいる薬箱と左手にもった脇差しが邪魔になって、ろくに身じろぎもできない。

早くおりたくなったが、駕籠は一向にとまる気配がない。

「いったい、どこまで連れて行く気なんだ……」

まどろんでいた時間を勘案したら、かれこれ四半刻はたっているだろう。

駕籠の脇窓をすこしあけて、外をのぞいてみた。

屋敷の白壁どころか、家並みらしいものの影も見えない。うっそうとした森が視界をくろぐろと塞いでいる。駕籠脇には八尾半七郎がひたひたとついてきている。

「まだ着きませんかな」

と、声をかけると八尾半七郎はちらと横目で見た。

「間もなくでござる」

えらくぶっきら棒な口調だった。さっきの堅苦しいほど生真面目な応対ぶりとは、まるで別人のように態度が一変している。

——妙だな。

胸さわぎを感じたとき、駕籠足が急に速くなった。

——これは……どうも臭い。

脇差しの柄に手をかけ、親指で鯉口を切った。

「よし！　ご苦労だった」

ふいに前方で野太い声がしたかと思うと、いきなりドサッと投げだされるように駕籠が止まった。

同時に左側の駕籠扉を破って槍の穂先が鋭く刺しこまれたが、すでに平蔵は右側の扉を跳ねあげ、路上に転がりだしていた。

「うぬっ⁉」

だしぬけに目の前に転がりだしてきた平蔵に驚愕した八尾半七郎が、泡を食ったように抜き打ちしようとしたところを、平蔵の脇差しがすくいあげるように右腋《わき》の下を斬りあげた。

「げっ！」

八尾半七郎の右腕が刀をつかんだまま血しぶきを舞いあげ、宙に飛んだ。

どさっと倒れこんだ八尾半七郎の躰をかわした平蔵は、素早く脇差しを構えながら前方に目を凝らした。

折りから森の上にのぼった満月の光をうけて、数本の白刃がぎらりとひかった。

黒い影が平蔵をおしつつむようにじりじりと迫りつつあった。

「なにやつだ！　磐根藩の者なら名を名乗れ！」

怒号したとき、白刃を連ねた一団を割ってゆったりと歩みだした、ぶっさき羽織に袴をつけた大柄な武士がにやりと笑いかけた。

「ほう……貴公、磐根藩から狙われる覚えがあるのか」

その、がっしりと顎の張った顔、野太い声に覚えがあった。

「たしか、堀江嘉門とか申したな」

「ふふふ、覚えていてくれたか」

「おぬし、こんな卑劣な手を弄する男だったのか。見損なったぞ」

「勘違いすな。貴公に恨みがあるのは、この横川周造《しゅうぞう》だよ」

堀江嘉門が目でしゃくったのは、先日、伊助をかばおうとする縫を足蹴にかけた骸骨面の男だった。

「神谷平蔵とか申したな。過日は侮って不覚をとったが、今夜はそうはいかん。覚悟してかかってこい！」

「ほう。このあいだの小手打ちだけでは懲りんというわけか」

「うぬっ！　きさまのおかげで刀は当分使えなくなったが、さいわい、おれの得手は剣ではなく、これだ」

横川周造はにやりとすると左手にもった鎌をかまえ、右手にさげていた鎖つきの分銅をゆっくりと回しはじめた。

分銅はたちまち加速度をつけて唸りをあげた。

「……鎖鎌《くさりがま》、か!?」

容易ならぬ難敵だった。

五

鎖鎌という武器があることを耳にしたことはあるものの、目にしたのは、これが初めてである。その昔、宍戸《ししど》梅軒《ばいけん》なる男が工夫した武芸だと伝えられているが、武士の気風にあわなかったのか、いま、使う者はめったにいない。

研《と》ぎすました鎌の柄の尻に装着した鎖の先端についた鉄の分銅が宙を旋回しながら伸び縮みし、相手を威嚇《いかく》して攻撃を封じつつ、ときには一本の矢となって相手を殺傷する。分銅が相手の剣や腕に巻きつけば、引き寄せて鎌が襲いかかる。

いわば飛び道具と剣の両方を兼ねそなえた武器である。

分銅はブーン、ブーンと鋭い音を発しつつ大気を切り裂き、目にもとまらぬ速度で旋回しつづける。

鎖がのびきったときの威力は、長槍に勝るとも劣らない。

鐘捲流《かねまきりゅう》は、二尺余の小太刀で三尺の長剣に立ち向かうことを神髄とするが、双方の力量が五分なら刀身がすこしでも長いほうが有利なことは論をまたない。

平蔵が手にしている脇差しは、元服したとき亡父の忠高《ただたか》から贈られた肥前忠吉《ひぜんただよし》の銘刀だ。刀身は一尺八寸（約五十五センチ）、相手が刀ならまだしも、鎖つきの分銅ではあまりにも分が悪すぎる。

平蔵は敵持ちだから、外出するときは用心して両刀を腰に帯びるようにしているが、迎え駕籠を用意されての往診に医者が両刀をたばさむのもどうかと思って、脇差しだけで出てきたのだ。

——迂闊《うかつ》だった。

後悔したが、いまは融通無碍の心境で立ち向かうしかない。

「どうだ、素浪人。この分銅をうけきれるかな」

横川周造は勝ち誇ったような笑みをうかべつつ、右へ右へとまわりながらじりじりと間合いを詰めてきた。

「きさまの峰打ちで利き手の親指を痛めたが、さいわい鎖は右でも左でも使える。いまだかつて、この鎖分銅をうけきれたものはおらん！」

よほど鎖鎌には自信があるのだろう。

「よいか、手だしは無用だぞ。こやつは、おれひとりで仕留めてくれる」

横川周造が声をかけるまでもなく、それまで刃を連ねていた仲間の侍たちは引きさがって高みの見物をきめこんだ。

横川の同輩らしい紋付き袴の侍がふたりいたが、あとの三人はどうやら金で雇われた用心棒がわりの浪人のようだ。

横川周造は鎖を巧みにあやつり、分銅の旋回速度を加速しはじめた。

シャーッ！　ふいに飛来した分銅が平蔵の顔面を鋭くかすめた。

とっさにかわしたが、分銅は生き物のように鎖の伸縮を利用して間断なく襲いかかる。分銅を目で追いかけていては術中にはまる。

平蔵は心気を研ぎ澄まし、鎖をあやつる横川周造との間合いだけを計った。

死中に活をつかむには鎖の長さという利を奪うしかない。

利を奪う勝機は、横川周造の術中に身を投じた一瞬の間だけだろう。

分銅はさらに加速度を増し、平蔵の頬を、腕をかすめては、鋭く皮肉を削ぎとる。たちまち平蔵の顔や腕から滴る血で白い医務衣が赤く染まった。

平蔵はほとんど動かなかった。飛来する分銅は自在に見えるが、鎖という一本の線の尖端にすぎないのだ。その線をあやつるのは横川周造の手だけだ。

平蔵ははっきりと分銅の飛来線を見切った。

——瞬間。

平蔵は脇差しで分銅の鎖を払った。

ガキッと不気味な音とともに平蔵の刀身に鎖が蛇のように食いついた。

鎖はキリキリと刀身に巻きついて離れない。

「ふふふ、はまったな」

横川周造は躰を半身にかまえ、鎖を引きしぼりつつ、ジリッジリッと間合いを詰めてくる。脇差しを離せば、一瞬は敵の攻撃から免れるが、そのあと身を守る武器はなくなる。平蔵はまさに死地にはまったかに見えた。

そのとき、突然、横川周造の背後に頭巾をかぶった武士が飛びだしてきた。

「でかしたぞ！　やはり、そちの鎖鎌は伊達《だて》ではなかったわ」

「殿！　顔をだされてはならぬと申したはずだ。これは横川の私闘です！」

堀江嘉門が叱咤、制止しようとしたが、

「たわけ！　そやつは、この加賀谷玄蕃《かがやげんば》の顔に泥をかけた不逞《ふてい》の輩《やから》じゃ。生かしておくわけにはいかん」

「殿！」

「ええいっ、だまれ、だまれ！　過日、横川の危難をおめおめと見過ごしておきながら口幅ったいことを申すな！」

頭ごなしに堀江嘉門に罵声《ばせい》を浴びせた加賀谷玄蕃は、血走った目を横川周造にふりむけて怒号した。

「横川！　なにをぐずぐずしておる。さっさと斬り捨ていっ！」

「はっ！」

横川周造が満身の力をこめて鎖を引き寄せようとした瞬間、平蔵はパッと脇差しの柄から手を離した。

「うっ」

不意を食らった横川周造がたたらを踏んだ、その間隙に平蔵は付けいった。

一気に間合いをつめて躍りこんだ平蔵は、片膝ついて腰の鞘を引き抜きざま、鞘の鐺《こじり》で横川の喉を突きあげた。

喉笛がぐしゃりとつぶれ、噴血がシャーッと夜空に迸《ほとばし》った。

横川周造はよろめいて喉を手でつかむと、力なく鎌を落とした。

やがて、一、二歩うしろざまにさがると天を仰いだまま、どさっと仰向けに倒れた。鎖をつかんでいる右手が鋭く痙攣《けいれん》し、静止した。

「……よ、横川っ！」

一瞬、加賀谷玄蕃は呆然と息を呑んだが、

「うぬっ！」

それまで傍観していた五人の侍があわてて切っ先を揃え、平蔵をおしつつみにかかったときである。

飛びこんできたひとりの侍が、一団の左端にいた浪人者を抜き打ちに斬り捨てた。

「神谷どの！　これを」

左手にもっていた朱鞘の大刀を平蔵に向かって投げたのは井手甚内だった。

「おっ……かたじけない」

さっと手を宙にのばし、刀をうけとめた平蔵の横合いから、じりっと間合いを詰めてきた長身の浪人者が、八双のかまえから刃唸りがするような剛剣をふりおろしてきた。

平蔵はかわそうともせず、体を沈めて踏みこむとすれちがいざま浪人の胴を横なぎに斬りはらった。

肋《あばら》の骨をしたたかに断ち割った手応えが、ずんと腕にひびいてきた。

たちまちふたりの仲間が倒されたのを見て怯《ひる》んだか、残った三人の侍はどどっとうしろにさがった。

「甚内どの、これ以上のお手だしは無用に願いたい。医者が生まれたばかりの赤子《やや》を父《てて》なし子にしては世間に顔向けができぬ」

にやりと笑いかけた。

「うけたまわった。あとは存分になされよ」

井手甚内はさらりと笑顔を見せると刀を鞘におさめた。

「さてと、どうなされるかな」

平蔵は棒立ちになっている加賀谷玄蕃に目をやった。

「いまのうちなら、お手前の家人の勝手な私闘ですますこともできますがね」

「お、おのれっ！」

加賀谷玄蕃は怒りに全身をわななかせた。

「嘉門！　こやつを斬れっ。生かしてかえすな！」

「おやめなされ。もとはといえば年端《としは》もいかぬ子供の悪たれから始まった他愛もない戯《ざ》れごと。こんなことで命のやりとりをする気にはなれませんな」

堀江嘉門は冷ややかに言い放った。

「なにい！　きさま、これまで無駄飯を食わせてきたのはなんのためだ。今日かぎりで暇《いとま》をとらす！　今後、余の屋敷に出入りすることまかりならぬ！」

「うけたまわった」

堀江嘉門はさばさばした表情で一礼すると、平蔵に目を向けた。

「貴公とは、また会いそうな気がする」

そう言い捨てると、さっと背を向けて消えていった。

「どうやら、おわったようですな。あとの始末はおまかせいたす」

すっと刃を鞘におさめ、甚内をかえりみてうながした。

「さてと、帰りは駕籠というわけにはいきませんな」

「なに、夜道を拾うのも乙《おつ》なものでござるよ」

ふたりが背を向けた瞬間、音もなく殺到してきた浪人の残党が平蔵の背後から刃風を起こし、斬りつけてきた。

一閃！　平蔵の抜き打った刃が浪人の肩口を斜《はす》に斬りおろした。

浪人は声もあげず、斬りおろした刀の切っ先を大地に突き刺したまま、朽ち木が倒れるように、どさっと突っ伏した。

六

ひっきりなしに蚊の羽音がする。

蚊は平蔵の膝前にある焼酎の壺徳利《つぼどくり》を慕ってくるのだ。

平蔵は腕の傷口を焼酎を浸した布で静かに湿しながら、ついでにぐびりと焼酎を口にふくんだ。傷口も、口のなかも、焼酎の強烈な刺激がしみわたる。舌の上でころがしていた焼酎を一気に飲みほすと咽が火がついたように燃えた。

洗った傷口に金創《きんそう》の膏薬《こうやく》を塗りつけ、引き裂いた晒《さら》しの布を巻きつけた。

行灯《あんどん》の灯りに誘われた蛾が一匹、無鉄砲に火皿に飛びこんで焼かれた。

そろそろ九つ半（午前一時）近い。

平蔵は越中褌《えっちゅうふんどし》ひとつのままだった。畳の上にどっかとあぐらをかき、焼酎の酔いに身をゆだねていた。

雨が近いのか、恐ろしく蒸す。裸でいても汗がとめどなく噴きだしてくる。

ひさしぶりの難敵を葬ったことで、いつになく心気が昂《たか》ぶっていた。

――それにしても、あの井手甚内、見かけによらず鋭い剣を使う。

駆けよりざま浪人を抜き打った剣は尋常のものではなかった。

ひとは見かけによらぬものだ。つくづく、そう思う。

なによりも提灯に描かれていた酢漿草《かたばみ》の家紋に疑念をいだいたあたりの冷静さは感服するほかない。

――おれより、はるかに人間ができているな。

帰途、夜道をたどりながら、甚内は一度も迷わなかった。

暗いなか、平蔵の駕籠のあとを追いながら、しっかりと道筋を記憶していた。

そればかりか、あの修羅場で、

「あの堀江嘉門という男、並の使い手ではありませぬな。敵にまわせば恐ろしい相手になるでしょう」

ちゃんと的確に観察していたのだ。

なぜ、井手甚内が浪人したのかは聞かなかったが、戦国の世なら一国の侍大将ぐらいにはなっていただろう。

しかも、あれだけの修羅場からもどっても、昂ぶったようすは微塵もなく、平蔵が一杯やろうと誘ったにもかかわらず、

「家で留守をさせてきたふたりの子供が腹をすかせて待っておりますゆえ」

と律義なことを言って断り、生まれたばかりの赤子を抱いた佐登を駕籠に乗せると、付き添って明石町まで帰っていったのである。

「貴公はよいとしても、ご新造は出産されたばかりだ。せめて一晩ぐらいは寝かせておいてあげたらいかがかな」

と平蔵はすすめたが、肝心の佐登も家においてきた五つになる娘と三つになる男の子が気になるらしく、

「いえ、もう、ご心配にはおよびませぬ。それに、主人がついてくれておりますゆえ……」

と帰心矢のごとしといった按配だった。

――なんとも良い夫婦《めおと》だ。

ちょっぴり羨ましくもあった。

それにしても、あの一見ぼさっとした井手甚内が、ようもつぎつぎと子を産ませたものだと、なにやらほほえましくもある。

──あの道ばかりは別ものということか……。

にやりとして焼酎の壺徳利を引きよせたとき、戸障子がそっとあく音がした。

まだ戸障子の突っかい棒をかけていなかったことを思いだした。

「だれか知らんが、今夜は死にかけの急病人でもうけつけんぞ」

声をかけながら、油断なく枕元の刀に手をのばし、土間に目を向けた。

薄暗い土間にそっと入ってきた白い人影を見て、平蔵、思わず息をつめた。

「……縫どの」

白地に藍《あい》の縦縞《たてじま》を染め抜いた浴衣姿の縫は、褌一本の平蔵を見て、一瞬、身を固くして立ちすくんだが、すぐに下駄を脱いで部屋にあがってきた。

「伊助がどうかしたのか」

「伊助はとうに寝かせました」

「ん……」

「……その傷、痛みませぬか」

「なに、どれもかすり傷だ。ま、蚊に刺されたようなもんだな」

平蔵は笑ってみせたが、縫は唇をふるわせた。

「もし、神谷さまの身に万一のことがあったら……そう思うと、わたくし」

絶句した縫が、いきなり平蔵の胸に倒れこんできた。

「お、おい……」

平蔵は褌ひとつの裸のまま、縫の躰を片腕でうけとめ、たじろいだ。

行水《ぎょうずい》でも使ってきたのか、洗い髪のままの縫の五体はひんやりとしていた。

縫は浴衣の下になにもつけていないらしく、生地《きじ》の下に生身の女体が息づいているのがわかる。縫の躰はおどろくほど量感に満ちていた。平蔵の胸板におしつけられた乳房のふくらみが、息をするたびに豊かに弾む。

「……神谷さま」

頰を平蔵の胸にうずめたまま、縫はかすれた声でささやいた。

「抱いてくださいまし……縫は……縫は……」

切なげにあえぎながら、縫は両の腕《かいな》を平蔵の腋《わき》にもぐらせて、ひしとしがみついてきた。浴衣の裾前が割れて、行灯の火影に白い内股がこぼれた。その奥にひそむほのかな陰りが平蔵の情念をなまなましくかきみだした。

縫は身をよじりながら、あぐらをかいた平蔵の膝をせりあがってきた。

むちっとした尻が平蔵の股間にずしりと乗って、せわしなくたわみ、きしんだ。

平蔵は全身の血が逆流するのを感じた。それに焼酎の酔いが重なって、平蔵の昂ぶりに拍車をかけた。

縫のひんやりとした、まろやかな尻におしつぶされた平蔵の股間の一物は、すでに耐えがたいほどにそそり立っている。

「……縫」

ささやきかけると、平蔵は片腕で縫を抱きかかえたまま、ゆっくりと縫の躰を仰臥《ぎょうが》させていった。

「おれは、ひとり口も養いかねておる身だぞ」

「そのようなこと……かまいませぬ。……縫は……ただ、神谷さまを」

「もう、平蔵でよい」

「は……はい」

縫はかすかにふるえながら瞼をとじた。

浴衣の胸がはだけ、豊かな乳房が襟《えり》を割ってこぼれかけている。

その襟をおしはだけると、平蔵は掌《てのひら》で乳房を下からすくうように撫《な》ぜあげた。

その瞬間、ぴくんと縫の躰が跳ね、白い腕《かいな》をのばして平蔵の首に巻きついてきた。

平蔵は乳房を撫ぜあげては揉《も》み、撫ぜては揉みこんだ。淡い栗色がかった乳暈《にゅううん》が粒だち、乳首が固くしこってきた。

「平蔵さま……」

縫は顔をそらし、腰をよじった。裾前があられもなく割れ、白く艶やかな足が、くの字に折れ曲がった。行灯の灯芯《とうしん》がチリリと音を立てた。

「ああ……」

切なげなためいきが縫の唇からもれた。その唇を強く吸うと、縫は大胆にも舌をさしいれてきた。舌先がチロチロと平蔵の口のなかでうごめいている。

その舌を吸いあげながら、平蔵は乳房をなぶっていた手を、ゆるりと下にすべらせていった。

なだらかな腹をすべりおりた平蔵の掌が、やがて柔らかな秘毛に触れた。

その叢《くさむら》をいつくしむようにつつみこみ、秘毛のなかを指で探った。

すでに縫の股間は熱く、しとどに濡れそぼっている。ぬるりとすべった指先が、きゅっと尖ったちいさな芯芽《しんめ》をとらえた。

「あっ」

縫の腰が鋭く跳ねた。その芯芽を指でつまんで静かに愛撫すると、縫は狂ったように腰を躍らせた。

「平蔵さま……」

声を殺し、縫はすすり泣いた。

平蔵の股間の一物は、もはや暴発せんばかりに屹立《きつりつ》している。

「縫」

平蔵は躰を起こし、片腕で縫の腰をかかえながら、もう一方の手で縫の太腿を左右におしひろげると、潤《うる》みきった狭間《はざま》におのれを深ぶかと没入させた。

「ああ……」

しがみつきながら縫は歓びの声をもらした。

平蔵はゆっくりと抽送《ちゅうそう》をくりかえした。それにこたえるように、縫は羞《は》じらいながらも腰をゆすりあげ律動《りつどう》させた。

灯芯がチリチリと音を立て、やがて、ふっと消えると、かわって闇がふたりをおしつつんだ。闇の訪れが、縫をさらに大胆にさせた。長いあいだ空閨にたえてきた渇きを満たそうとするように、両足を思うさまひろげ、平蔵の腰を太腿でしめつけながら、激しく何度も突きあげた。

やがて平蔵は脳髄《のうずい》がしびれて真っ白になり、しばらく忘れていた鋭い快楽《けらく》の感覚が、背骨を電光のように貫くのを感じた。

「縫！」

抱きしめ、満ちたりたことを告げると、縫はおそろしいほどのちからで平蔵にしがみついてきた。

平蔵の肩に顔をうずめ、二、三度鋭く全身をふるわせた縫の唇から、おしころした歓びの声が迸《ほとばし》った。

声はやがてすすり泣きに変わった。

それがひさしい空閨が満たされた喜悦からか、それとも、あられもない情欲に身をひたした羞じらいからか、平蔵にはわからなかった。

だが、平蔵はそんな縫をいとしいと思った。

縫の躰は、まだ小刻みにふるえつづけている。

開け放った障子の向こうで、ようやく降りだした雨が隣家の屋根を静かにたたきはじめた。涼風がふたりを優しくなぶるようにそよいだ。

しばらくの間、平蔵は白く柔らかな縫の躰に覆いかぶさったまま、余韻《よいん》を惜しむように身じろぎひとつしなかった。

第四章　密　　謀

一

「おい、伝八郎」

　平蔵は治療室の板の間から、奥の六畳間で湯漬けをかきこんでいる矢部伝八郎に声をかけた。

「文によると今日の暮れ六つに小網町《こあみちょう》の真砂《まさご》でということだが、この真砂というのはどんな店なんだ。料理屋か、それとも舟宿か」

「さぁ、そこまでは聞かなんだが、看板は出しておらんというから、知るひとぞ知ると言ったていの、ま、密会にはうってつけの隠れ宿というところではないか。あのあたりにはそうした店が結構ある」

　答えながらも伝八郎はせかせかと湯漬けをかきこむのに余念がない。

平蔵は板の間に敷いた茣蓙《ござ》の上で腹這いになっている女の足のツボを親指でおしながら、どうもすっきりしないというように首をひねった。

「密会用の隠れ宿とは穏やかじゃないな。陰謀を企むわけじゃあるまいし」

「ばか、そんな野暮なもんじゃない。ほれ、早く言えば人目を忍ぶ男とおなごの逢いびき宿よ。頼めば料理も酒もだす。むろん泊まることもできる」

「ばかにくわしいな。きさまも使ったことがあるのか」

「おい、ひとを見てものを言え。そんな粋なところで女とよろしくできるほどもてるくらいなら、こんなところで湯漬けなど食っておらんわ」

「こんなところとはなんだ」

「いかん！　どうも、おれは根が正直だから、つい本音が出てしまう」

「なお、悪い」

「ははは、すまん、すまん」

けろっとしているあたりが伝八郎のよささでもあり、始末に悪いところでもある。

三日前、平蔵は磐根藩の江戸上屋敷にいる桑山佐十郎に宛てた文を伝八郎に託した。佐十郎が公用で外出していてなかなか会えなかったが、昨日、ようやく面会することができたのだという。その返書を、早速、届けにきてくれたのである。

文面は佐十郎らしい簡潔なものだった。すぐにも会いたいが、子細《しさい》あって人目を憚《はばか》る。真砂はわかりにくい場所なので道筋をしるした。すこし遅れることがあっても、かならず行くゆえ、待っていて欲しいということだった。

文面は短いが、佐十郎の緊張した気持ちが伝わってくる。藩邸内でも油断はできぬということらしい。

「ちょいと、せんせい、いいんですか」

治療中の女が莫蓙から頭をもたげ、台所のほうを目でしゃくりあげた。

「お縫さんが聞いてますよ」

「ん？　それがどうかしたか……」

「だって、小網町のどこかでいい女《ひと》と逢いびきするんでしょ」

「ははぁ……」

呆れて怒る気もしない。かわりに親指で急所のツボをぐいっとおしてやった。

「い、痛いよう！　せんせぇ」

女が悲鳴をあげ、釣りあげた魚みたいに足を跳ねあげた。

赤い蹴出しがまくれて、洗いたての大根みたいな太腿がむきだしになった。

「痛いのは足にむくみが出ているからだ。すこし養生せんと、そのうち歩けんようになる恐れがあるぞ。下手をすると心の臓がやられて頓死《とんし》しかねん」

「お、おどかさないでくださいな」

女は乱れた着物の裾をなおし、真顔になった。

「あたしゃ、まだ三十前なんですよ。ヨイヨイになるのもご免だし、まだまだ死にたかありませんからね。なんとかしてくださいな」

この女は向かいの棒手振《ぼてふ》りの魚屋の女房で、おきん。きさくで、気っ風のいい女だが、その分遊び好きで、月に一度は芝居見物をかかさないし、やれ花見だ、紅葉狩りだと口実をつけては出歩いてばかりいる。

亭主の太吉はなかなかの働き者で、明け六つから暮れ六つまで天秤棒をかついで魚を売り歩いているが、「嬶《かかあ》があれですからね。稼いでも稼いでも追っつきゃしませんよ」と平蔵の顔を見るたびこぼしている。

診《み》たところ、まだ足のむくみはたいしたことはないが、ちょいとお灸《きゅう》をすえてやってもいいだろう。

「当座の薬はだしてやるが、まずは食い物を変えなきゃ根っからよくはならん」

「なにを食べりゃいいんです」

「あんたのは江戸病いだ。白い飯ばかり食っている報いだよ」

江戸病い（脚気《かつけ》）は乱脚《らんきやく》とも言い、足にむくみがあらわれ、ときには心の臓をやられ死にいたることもある。

「そんなこと言ったたって、おまんまは白いもんと昔からきまってますよ。まさか黒いおまんまを食べろっていうんじゃないでしょうね」

「その、まさかだよ。年中、白い飯を食ってるのは江戸者ぐらいのものだ。お国者は侍から百姓まで五分搗《づ》きか、六分搗きの米を食っているんだぞ。ところによっては米のなかに稗《ひえ》や麦《むぎ》、大根の千切りから菜っ葉までまぜた飯を食ってるから、こんなぶよぶよした足にはならん」

平蔵は邪険《じやけん》におきんのなまっちろい脹《ふく》ら脛《はぎ》をぴしゃりとたたいた。

「じょ、冗談じゃありませんよ、せんせい。そんな、まずいおまんまを食べるくらいなら死んじまったほうがましですよ」

「だったら、ヨイヨイになるのを待つしかないな」

「そんなぁ、ひどいよ、せんせい」

「ま、五分搗きが無理なら、せめて七分搗きの米にして、香の物は浅漬けじゃなく糠漬けにする。味噌汁の具は大根葉か、葱か、ワカメ。あとはなんでもいいから旬の菜っ葉をうんと食うことだ」

「よしてくださいよ。コケコッコの餌じゃあるまいし、そんなもん食わしてたら、うちの宿六なんか精がつきゃしねぇってむくれちまいますよ。……いまだってアッチのほうはコケコッコなんですからね。いまより弱くなっちまったら、せんせいに責任とってもらいますよ」

おきんは蓮っ葉な目でにらむと、あいている足の爪先で平蔵の腰をチョコンとつついた。なんとも、あけすけな女である。

「勘違いするな。太吉には、いままでどおり精のつくものをうんと食わせてやっていいんだ。毎日、汗水たらして働いてるんだからな。おれは、あんたの食い物のことを言ってるんだぞ」

「やだ、もう。せんせいったら、あたしのこと目の敵《かたき》にしていじめるんだから」

「そりゃいかんな、平蔵先生。か弱いおなごをいじめるもんじゃないぞ」

奥の部屋から伝八郎がせっせと湯漬けの箸を動かしながら、首をのばしてよけいな差し出口をはさんだ。

「あら旦那、うれしいこと言ってくださるわね。か弱いだなんて言われたの何年ぶりかしら、そのうちお汁粉でもご馳走しなくっちゃね」

「お汁粉もいいが、泥鰌鍋《どじようなべ》で一杯とくれば、なお結構だな」

　伝八郎は図々しいことを言いながら、さらにぬけぬけと、

「縫どの。すまんが湯漬けのお代わりをもらえんかな。なにせ、ここの糠漬けはこたえられんからの。ついつい食がすすむのよ」

「どうぞ、ご遠慮なく召しあがってくださいまし」

　台所で洗い物をしていた縫が、ふたつ返事で濡れた手を拭きながら土間からあがってきて空の茶碗をうけとった。

　なにが糠漬けはこたえられんだ。ただの大飯食らいじゃないかと舌打ちしながら、薬入れにしている船簞笥から数種類の漢方薬を調合して、おきんに渡した。

「いいか、薬よりも、食べ物が肝心だぞ」

「はいはい、わかりましたよ。七分搗きのおまんまと菜っ葉でしょ」

　返事は神妙だが、まるで聞いちゃいない顔だった。

　それでも、治療代と薬代の一朱は感心にちゃんと払って帰った。

　三杯目の湯漬けをかきこんでいる伝八郎の横にあぐらをかいて座ると、土間から縫があがってきて茶をいれてくれた。

　おきんから受けとった一朱銀を手渡すと、縫はそのまま部屋の隅においてある味噌壺の蓋をとり、ちゃりんと落としこんだ。

「ううむ、ようできておるのう」

伝八郎が感心したように唸った。

「貧乏医者にはぴったりの銭箱だろう」

「そんなことではない。おぬしと縫どのの阿吽《あうん》の呼吸《いき》がぴったりあっておるのに感心したまでよ。十年連れ添った夫婦《めおと》でも、なかなかああはいかんぞ」

「ま、なにをおっしゃいますやら」

さらりとかわして縫は台所にひきあげた。

「なにが阿吽の呼吸だ。一度も女と所帯をもったこともない男が、ようもきいたふうなことを言うよ」

「や、や、それはないぞ、神谷。婿入り先を探すのに躍起になっておる竹馬の友にむかって、そういう言い方はなかろうが」

「わかった、わかった。いまのは失言だ。撤回する」

「だいたいが、だ。迎え駕籠などというみえみえの芝居にひっかかって待ち伏せを食らうなど甘すぎるわ。そのなんとか甚内と申す男がおらなんだら、きさま、いまごろ三途の川をうろついておったかも知れんのだぞ」

「なんとかではない。井手どのだ、井手甚内」

「そうか、そうだったな。で、その男、よほどの手練《てだ》れなのか」

「ああ、辻月丹《つじげつたん》の道場で免許取りまでいったそうだ。剣の腕も相当なものだが、なにより人間ができている」

「ほう、辻月丹といえば無外流《むがいりゅう》だな。そりゃ、是非、一度引きあわせろ」

「うむ。近いうち三人で一献酌《く》みかわそう」

「お、そりゃいい。当然、勘定はきさま持ちということだろうな」

「わかった、わかった」

苦笑いして、膝をおしすすめた。

「ところで、おまえと会ったときの佐十郎のようすはどうだった」

「どう、というと……」

「ちっ！　にぶいやつだな。文にも人目を憚ると書いてきているが、人目とは江戸屋敷の者のことだろう。つまりは屋敷内でも油断できぬという状況下におかれているということだと思うが、そんな気配はなかったか」

「あ……そういえば桑山どのは話の途中でも、廊下をひとが通ったり、女中が茶菓を運んできたりするとプツンと話を折ってしまわれたな。つまりはひとに聞かれたくないということだろう」

「やはり、な。で、帰るとき尾行されるようなことはなかったか」

「尾行？　いや、そんなことは考えもせなんだ」

伝八郎は照れ隠しに、つるりと顔を撫ぜた。

「ちと、まずかったかな」

「いや、いい。おぬしにハナからそう言っておかなかった、おれの手ぬかりだ」

「しかし、おれを尾行したところで屁の突っ張りにもならんと思うがね」

「いや、そうでもない。おぬしが何者かわかれば、当然、竹馬の友のおれに突きあたる。そうなれば、おぬしが桑山佐十郎を訪問したのは、おれの差し金だということになるだろう」

「ははぁ、男同士の三角関係というわけか」

「こら、おかしな言い方をするな」

台所で縫が笑いをこらえているのが見えた。

二

日本橋界隈の賑わいをひと言で「擬宝珠《ぎぼし》から擬宝珠まで」という。

江戸は大小さまざまな掘り割りが交錯する水都だから、橋も無数にあったが、欄干に擬宝珠がついているのは日本橋と京橋だけである。

このふたつの橋のあいだは通町《とおりちょう》とよばれ、十間（約十八メートル）幅の大路が貫いていて、江戸でも名高い大店《おおだな》が軒をつらねている。

日が西にかたむいても商人や職人の往来の絶える間がない通町大路の賑わいは北の室町、十軒店《じっけんだな》につづき、その大通りを歩いていると、時代がおおきく変わりつつあることを感じないわけにはいかない。

平蔵は七つ半（午後五時）ごろには荒布橋《あらめばし》を渡り、小網町に入った。

今日の平蔵は頭に菅笠をかぶり、単衣物《ひとえもの》の着流しに雪駄履《せったば》きという浪人風の身なりである。腰の物もいつもの派手な朱鞘ではなく、目立たない蠟色鞘《ろいろざや》にした。

蠟色鞘は深い暗灰色で、黒鞘より武張ったところがなく、渋いが品のある色合いで平蔵の気にいりの鞘だった。

佐十郎との約束の時刻までは、まだ半刻近くあったが、真砂という店の場所をたしかめておきたかったのと、もうひとつ、佐十郎に尾行がついていないかどうか、前もって確認しておきたかった。

桑山佐十郎はそういうことには、昔から存外に不用心なところがあった。

——もし、そういうやつがくっついてきたら、どうするか。

まさか斬り捨てるというわけにもいくまいが、何事も先手必勝は肝要だし、すくなくとも、これから先、佐十郎に用心をうながすぐらいの効果はあるだろう。

小網町は日本橋川に沿った細長い町である。

南北に走る表通りには大店がずらりと軒をつらねていたが、ひとつそれて裏通りに入ると新石町と変わりなく八百屋や魚屋、小間物屋などの小店があって、江戸の暮らしにはかかせない湯屋もちゃんとある。

通町の大店に通う番頭や手代が住む長屋もあれば、どこぞの商人が手活けにしている囲い女《もの》が住んでいるらしい、おきまりの黒板塀に見越しの松という小粋《こいき》な造りの、しもた屋もある。

真砂は湯屋からふたつ目の路地を入った奥にあった。

「なるほど、これはわかりにくい……」

盗人《ぬすっと》よけの忍び返しをもうけた黒板塀の向こうは、庭木でこんもりとおおわれていて、瓦屋根がかすかに見えるだけだ。

格子引き戸の玄関から奥に向かう敷石には、客商売らしく打ち水がしてあるが、看板はもとより置き行灯もない。

伝八郎があてずっぽうに言った隠れ宿というおもむきが、なんとなくしないでもなかった。

まだ約束の時刻までには間がある。

路地を出て、あたりをみまわすと、うまい具合に湯屋を出たすぐ前のところに田楽売りが屋台をだしていた。

湯あがり客をあてこんでの商いで、湯通しをしたこんにゃくを串に刺し、いまが旬の山椒《さんしょ》味噌を塗りつけただけの安直な食い物だが、平蔵の好物である。

「おお、この匂い、たまらんな。そいつを二本と、酒を頼む」

縁台に腰をおろしたが、田楽売りの親爺は恐ろしく無愛想で、うんでもなければすんでもない。ぶすっとしたまま皿にのせた田楽と一合枡に酒をついで出した。

平蔵は真砂のある路地の入り口を目の端でとらえながら、ちびりちびりと枡酒を舐め、串田楽を頬張った。

みずみずしい山椒の香りがなんともいえず、食欲をそそる。

湯屋帰りの町火消しがふたり、ぶらりと寄って枡酒を立ち飲みし、串田楽をパクつきながら昨夜の女郎の床あしらいがどうのこうのと自慢しあって帰っていった。

あまり酒を過ごすのもどうかと思い、串田楽をもう二本頼むと親爺に注文したとき、薄暮につつまれた通りを桑山佐十郎が脇目もふらずやってくるのが見えた。

そのまま平蔵の背後を通りすぎていったが、一向に気づいたようすはない。

——あれだからな。

屋敷女中にまで神経を尖らしているということだが、いったん屋敷の外に出ると気がゆるむらしい。

佐十郎が真砂のある路地の角を曲がるのを見届け、平蔵がやおら腰をうかしかけたとき、一目で勤番者とわかる若侍がふたり、急ぎ足でやってくるのが見えた。

「ははぁ、あれだな……」

見覚えはないが、まちがいなく磐根の藩士だろうと思った。

江戸屋敷に定詰めの藩士は、身なりもすこしは灰汁《あく》ぬけしているが、国侍はどうしても野暮ったいから、町人から勤番侍と陰口をたたかれる。

その野暮の見本のようなふたり連れが、真砂の路地に鋭い目をそそぎながら戸締まりをはじめた商店の軒先に佇んでいるのだから、人目につかないほうがおかしいくらいのものだ。

とはいえ、いま、かれらに顔を見られたくはない。

しばらく串田楽を食いながら思案したあげく、

「なぁ、親爺さん。その先の路地にある真砂って小料理屋でひとと会うんだが、人目につかず裏から入るってわけにはいかないかね」

財布から二朱銀をつまみ出した。

「………」

親爺はだんまりのまま、じろっと平蔵と二朱銀を一瞥《いちべつ》し、

「勝手口なら、その奥にありますがね」

ぼそっとつぶやくと、真砂の路地よりひとつ手前の路地を目でちらっとしゃくり、二朱銀をさっとふところにおさめた。

親爺の目はたしかなもので、その路地を入って行くと、ちょうど真砂の裏あたりに勝手口の木戸があった。

トントンとたたくと粋《いき》な年増《としま》が半開きにした木戸のあいだから白い顔をのぞかせた。ちょいと渋皮のむけた三十前後の、なかなかの美形である。上物の結城紬《ゆうきつむぎ》を着ているから、台所女中ではなさそうだった。

「ここが、真砂の勝手口だと聞いたんだが……」

女は黙ったまま、平蔵の品定めをしている。

「六つに、ここで桑山佐十郎という男と会う約束になってるんだが、ちょいと表から入りたくないわけがあってね」

佐十郎の名がきいたとみえ、途端に年増の顔に笑みがこぼれた。

「神谷さまですね」

平蔵がうなずくと、年増は「さ、どうぞ」と愛想よくうなずいて、すんなり木戸をあけてくれた。

三

真砂は見かけよりも中の造作は凝っていて、思ったより奥行きがある。

すらりとした襟足を見せた結城紬の女が先に立って案内してくれたのは、奥まった離れにある座敷だった。

「桑山さま、お待ちかねの方がおいでになりましたよ」

片膝ついて襖をあけながら女が声をかけると、黒っぽい綸子《りんず》の単衣物《ひとえもの》に、銀糸の刺繍入りの帯を締めた品のいい美女を相手に酒を飲んでいた桑山佐十郎が、

「おお、きたか……さ、さ、入ってくれ」

破顔しながら、手をとらんばかりに見迎えた。

「一別以来、かれこれ六年になりますかな」

かつては飲み仲間だったとはいえ、伝八郎の話によると、いまの桑山佐十郎は側用人《そばようにん》という要職にあるらしい。まさか「やぁ、やぁ」ですますわけにはいくまいと思ったが、佐十郎はそんな平蔵の気づかいを苦もなく吹っ飛ばしてくれた。

「神谷らしくもないぞ。そんな辞儀はよせよせ。昔のように、おい、佐十郎、なんだ平蔵で、毎夜のようにつるんで飲み歩いていた、あのころのまんまでいこう」

「わかった」

われにもなく平蔵は胸が熱くなった。

「ところで、佐十郎、おぬし、金魚のウンコをふたつもくっつけてきたのに気づかなんだのか」

「金魚のウンコ？　なんだ、そりゃ……」

「恐らく屋敷を出たときからあとをつけられていたんだな」

「ほんとか、おい」

「ああ、あれは、まちがいなく国者だ」

「ちっ！　迂闊だったな」

「心配はいらん。この綺麗な姐《ねえ》さんに裏口からいれてもらったから、やつらにはおれのことは気づかれちゃいない」

「そうか……さすがはぶらり平蔵、消えるのはお手のものだったな」

「あら、その、ぶらりなんとかって、どういうことですの」

綸子の女が目を瞠《みは》った。

「うん？　この男は神谷平蔵といってな。いまは町医者をしているらしいが、かつては磐根藩の藩医だった男だ。医者の癖に剣の腕は、わしよりずんと立つ」

「ま、お医者さま……」

「ところが、この男、悪い癖があってな。ときおり、だんまりでぶらりと行方をくらましてしまう。風の吹くまま、気の向くままというわけだ。ゆえについた仇名が、ぶらり平蔵」

「うらやましい」

「平蔵。これが真砂の女将《おかみ》でおとわ。そっちが店を仕切っている女中頭のおもんだ。これからもちょくちょくここを使うことになるゆえ見知っておいてくれ」

「仕切っているだなんて、そんな桑山さま……」

おもんは顔の前で片手をふると、うなじを軽くかしげて平蔵に笑みかけた。

「さ、おひとつ、どうぞ……ぶらり平蔵さま」

おもんは徳利を手にすると、膝でにじり寄った。

ひさしく嗅いだことのない甘美な脂粉の香りが、おもんの袖口からほのかにただよってきて、平蔵は妙にぎこちない手つきで酌をうけた。

「この男はな、見かけは堅物のようだが、なかなかどうして、長崎の丸山遊郭でさんざ浮き名を流した男だ。おもんも口説かれないよう気をつけたがいいぞ」

「あら、そういう粋《いき》なお方なら、いつでもよろこんで……」

おもんは思わずゾクリとくるような艶っぽい目を平蔵に投げかけてきた。まるく厚みのあるおもんの腿が、平蔵の膝にふれんばかりのところにある。

――佐十郎も、こんなところに足を運ぶようになったか。

磐根にいたころの桑山佐十郎は石部金吉を地でゆくような若者だった。一度、平蔵が遊所に誘おうとしたら目を三角にして怒りだしたこともある。

――それが、いまはどうだ。

どうやら見たところ、おとわという女将とわけありらしい。

――なかなかやるではないか、佐十郎。

平蔵がからかうような目を向けかけたとき、佐十郎がつと背筋をのばした。

「これから、この神谷と話がある。しばらく席をはずしてくれ」

「かしこまりました」

おとわが心得顔でおもんをうながし、座敷を出て行くのを見送った佐十郎は、あらためて懐かしげに平蔵を見つめた。

「……よう、来てくれた、神谷。あの使い文を見たとき、すぐにも飛んで行きたかったが、そうもいかんでな」

佐十郎は手をのばして平蔵の盃に酒をつぎ、ついでに自分の盃も満たした。

「さ、あとは手酌でいこう」

気さくにふるまってはいるが、なにやら鬱屈をかかえている顔だった。

「柴山さまが刺客の手にかかって果てられたそうだな」

とおもむろに切りだすと、佐十郎は苦渋を顔ににじませ、うなずいた。

「なにかというとすぐに凶刃をふるう。まったく度しがたい輩《やから》だ」

「下手人はわかったのか」

「いや……国元からの知らせによると、いまのところ、判明しておるのは柴山さまの供をしておった水沼慶四郎が斬り捨てたふたりだけらしい」

「ほう、あの慶四郎がそこまでになったか。慶四郎が斬ったのはどんなやつだ」

「なに、腕が少々たつというだけで刺客にえらばれた小者だ。逃げたやつらは死人に口無しで、いまだ藪のなかということらしい」

「それですませるわけにはいかんだろう。次席家老とはいえ柴山さまは磐根五万三千石の柱石だったおひとだ。その命をちぢめようとしたからには、背後におおきな企みが進行していると見ていい」

「うむ……」

桑山佐十郎は盃を手にしたまま、なにかためらっているようすだった。

それは、かつての飲み仲間の気楽な顔ではなく、まさしく藩の中枢にかかわっている側用人の顔だった。

平蔵は手酌で酒をつぎ、盃を口にふくんだ。

酒がなにやら苦く感じられた。

幕府の奥医師だった養父夕斎《せきさい》が磐根藩に藩医として赴くことになったのは、前将軍綱吉の命によるものであった。その養父が暗殺され、平蔵も磐根とは縁が切れた。いまや江戸で町医者になろうと腹をすえたところである。

「ちくと深入りしすぎたようだな。いまのおれは、磐根藩とはかかわりのない、一介の町医者だ。藪をつつくようなことはやめておいたほうがよさそうだ」

「いや、かかわりがないとは言えん」

なにか決断したらしく、佐十郎は瞬きもせず、平蔵を直視した。

「神谷の言うとおりだ。いま、わが藩では口にするのもおぞましい陰謀がすすみつつある」

「…………」

「どうやら殿の和子《わこ》のお命をちぢめようと企んでいる者がいるらしい」

桑山佐十郎は口をゆがめ、一気に吐き捨てた。

磊落《らいらく》にみえる佐十郎の顔に、陰鬱な表情が色濃くにじんでいた。

四

磐根藩の内紛の根は五年前にさかのぼる。

先代藩主光房《みつふさ》にはふたりの男子がいた。嫡子の宗明《むねあき》は英邁《えいまい》ながら幼いころから病弱で、一方、妾腹の重定《しげさだ》は学問よりも武芸を好み、身体も壮健だった。

天下泰平の世で藩主がしなければならない最大の責務は男子を産ませることで

ある。いわば種馬のようなものだ。

多少は暗愚でも、どしどし男子を産ませられる頑健な藩主が望ましいというのが藩士の本音でもある。そういう目から見ると、嫡子の宗明よりも、異母弟の重定のほうが藩主としてはふさわしい。

とはいっても、ただ躰が弱いというだけで宗明を廃嫡するわけにはいかないし、藩主光房も宗明を世子としてあつかってきた。

ところが五年前、宗明が仙台侯の息女妙姫《たえひめ》を妻に迎えたころから、家臣のなかに宗明を廃嫡し、重定を世子に立てたほうが藩のためであるという声が出てきた。正室の妙の方は見るからに蒲柳《ほりゅう》の質で、だれの目にも果たして和子が産めるだろうかという不安があったからだ。

妙の方は宗明に嫁して二年後、ようやく姫を出産したが、それでも、二児の出産は望みえないだろうという声が藩士のあいだに高まってきた。

そこで藩主の光房は、次席家老の柴山外記に、宗明の側室にふさわしい娘を探すよう命じたのである。

外記は宗明や妙の方も了承の上で、八方手をつくした末、領内の磐根八幡社の神官の娘美津《みつ》に白羽の矢を立てた。

武門ではないが、神官なら出自は悪くない。なにより美津は幼いころから父に薙刀《なぎなた》を習ったというだけあって足腰もしっかりしているし、見るからに健やかで、多産の質に見えた。

宗明も側室に迎えたお美津の方の聡明さが気にいって寵愛したが、そのお美津の方もなかなか子宝にめぐまれなかった。

――それ見たことか。

お美津の方に世継ぎの和子が生まれれば、肝煎りした柴山外記の権力がおおきくなると危惧していたのが、筆頭家老の倉岡大膳だった。大膳一派のなかに、

――そもそもお世継ぎが生まれぬのは、宗明さまのお躰が弱いからだ。

と言いだすものが出てきて、ついに宗明を廃嫡し、妾腹ながら壮健な重定を世子に立てようと動きはじめたのだ。

かれらは、お為派と称し、光房に直訴するにいたった。

そのころ、先代藩主の光房は病床にあったが、倉岡大膳一派がすすめる宗明廃嫡という話にはどうしても同意しなかった。

神谷夕斎が斬殺されたのはそうしたごたごたのさなかだった。

夕斎が刺客に襲われたのは深夜、倉岡大膳に呼ばれた帰途である。

病床でこの知らせを聞いた藩主光房は激怒した。

「大膳を呼べ！　余がじきじきに糺《ただ》してくれる」

ただちに光房の使者が差し向けられたが、大膳は衣服をあらためると言って別室にさがり、そのまま切腹してしまったのである。

それから間もなく光房は病死し、家督は嫡子の宗明が継ぎ、倉岡派の主立った者にはそれぞれ切腹、領外追放、食禄半減などの厳しい処分がくだされた。

倉岡派の御輿《みこし》にかつがれた重定には、領内の船形郡五千石をあたえ分家させるかわり、今後藩政にかかわることはできないようにした。

「神谷。これはあくまでも推測にしか過ぎんが、夕斎どのは倉岡家老から毒を盛れと命じられ、それを拒んだがために斬られたのだと思う。首謀者の倉岡大膳が自裁してしまったいまとなっては明言できぬが、そうとしか考えようがない」

「おおかた、そういうことではないかと、見当はつけていたよ」

「すまん。神谷……このとおりだ」

ふいに桑山佐十郎は、深ぶかと頭をさげた。

「あのとき倉岡派に荷担した連中を根こそぎ一掃しておけば、神谷を敵《かたき》と狙うような跳ねかえり者もでなかっただろうし、今回のような忌まわしい陰謀が企まれることもなかったにちがいない」

桑山佐十郎は苦しげに口をゆがめた。

「が、藩主になられたばかりの殿は、藩内にできるだけ波風を立てるまいと配慮され、ゆるやかな処分ですまそうとなされたのだ」

「それも、藩主公としては、しかあるべきだろうと考えていた。いままでは養父《ちちうえ》の非運は避けられぬ宿命だったと思えるようになった」

「殿は、今夜、わしが神谷に会うと申しあげるとな、くれぐれも貴公に詫びておいてくれと仰せられた」

「いや、あの一件は宗明さまにはかかわりのないことだ」

そう言うと、平蔵はひたと佐十郎を見すえた。

「そのことはいい。わからんのは、なぜ、いまになって柴山さまが刺客の手にかかったかということだ。さっき、和子のお命をちぢめようとしている輩がいると言ったが、そのことと柴山さまの件とかかわりがあるのか」

「ある……」

佐十郎はおおきくうなずいた。

「実は去年の春、妙の方さまが産まれた綾姫《あやひめ》と、重定どのの次男の仙千代《せんちよ》ぎみをめあわせてはどうかという話がもちあがった。つまり、もはや殿にお世継ぎは望めぬとみての次善策というわけだ。早いところ、お世継ぎをきめておこうというわけだな」

「おどろいたな。早すぎるにもほどがある」

「むろん、殿は難色をしめされた。このところ壮健とまではいかなくても、政務に支障をきたすようなこともなく、健やかに過ごされておる。……それでも、余に早々と隠居せよとでも申すのか、と仰せられてな」

「当然だ。だいたいが綾姫さまは、たしか、まだ三つだろう。節句の雛人形じゃあるまいし、男と女のなんたるかもおわかりにはならぬ、ほんのネンネじゃないか」

　平蔵は呆れるあまり、つい口汚くなった。

「まぁ、聞け、神谷。そういう考えが通るようなら苦労はせん」

しかめっ面になった桑山佐十郎の顔には、藩の側用人という要職にある者の苦渋がにじみでていた。

「ところが、その婚約話がもつれているさなかにお美津の方さまが、ご懐妊なされたのだ」

お美津の方の懐妊が確認されたのは、去年の秋口だったという。

「ふつうなら藩をあげて祝う慶事だが、綾姫と仙千代ぎみの縁組をおしすすめてきた連中にとっては寝耳に水をさされたようなものだ。なにせ、おのれらに都合が悪い者には容赦なく凶刃をふるいかねない連中だからな」

「そうか、柴山さまは姫の婿取りに反対されていたんだな」

「むろんだ。柴山さまは藩内のおおかたが重定どの擁立論にかたむいていたときも、断固として筋目を通そうとなされた方だからな。その気骨が仇になったともいえる。かえすがえすも惜しい方を失うたものよ」

佐十郎の声がしめり気をおびたとき、部屋の隅に置かれていた行灯の灯が風にあおられ、ゆらめいた。中庭に面した丸い京窓の障子がすこしあいていて、そこから風が吹きこんできたのだ。

ゆれる火影に映しだされた佐十郎の顔は別人のように険しくなっていた。

「やつらは口をひらけば藩の御為《おんため》とぬかすが、なに、腹のうちはみえみえよ。ただ、藩権力をおのれらで掌握したいがための口実にすぎぬ！」

よほど腹にすえかねているのだろう。佐十郎の口から「やつら」とか「ぬかす」とか、およそ側用人らしからぬ乱暴なことばが迸った。

五

「やつらは……」

しばらくして、また佐十郎は口汚く罵った。

「お美津の方さまのご懐妊を知ったら、なにをしでかすか知れたものではない。それを案じられた殿は、ひそかに使いの者を国元の柴山外記どのの元に走らせ、お美津の方さまの身柄をご出産まで安全な場所にお移しするよう命じられたのだ」

ようやく平蔵にも、磐根藩が直面している異様な事態がわかりかけてきた。

佐十郎の言うとおり、もしお美津の方が男子出産ということになれば、綾姫と仙千代の縁組など吹っ飛んでしまうだろう。

「で、お美津の方は男の和子を出産なされたんだな」

「ああ、われらが待望のご嫡子を無事、ご出産なされたそうだ。なんでもご出産は四月だったらしい」

「……らしい、とはどういうことだ」

「わからんのだよ。どこにおられるのか、われわれには何ひとつわからんのだ。

知っておられるのは殿と、いまは亡き柴山どの、それにおふた方をお守りしている陰草の者だけということになる」

「陰草の者とは、隠密のようなものか」

「ま、早くいえばそうだろうな。殿から陰扶持をいただいているらしいが、どこにいて、どれだけの人数がいるのかは重臣でさえ知らされていない。藩の危急存亡のときにかぎり動くが、かれらを指図することができるのは、殿のほかには藩内でひとりしかいないということだ」

「聞けば聞くほど奇怪なことばかりだな……」

「奇怪といえば、柴山どのが亡くなられて間もなく、希和どのと水沼慶四郎のふたりが屋敷から消えてしまったそうだぞ」

「消えた……」

「うむ。ふたりそろって消えたところから、駆け落ちしたのではないかなどと無責任なことを言う者もいるそうだが、とにかく国元の重役は脱藩と見て探索しているとのことだ」

平蔵の脳裏に閃くものがあった。

「おい！　いま、希和どのが屋敷から姿を消したのは柴山さまが亡くなられて間もなくだと言ったな」

「ん？　それがどうかしたか」

「柴山さまは刺客に襲われたとき、その場で絶命されたのか」

「いや、深手を負われていたが、屋敷にかつぎこまれたときはまだ息があったそうだ。たしか、希和どのが最期を看取られたと聞いている」

「それだ！　柴山さまは希和どのに何か遺言をなされたにちがいない」

「なんだと……」

「考えてみろ。柴山さまは殿からお美津の方の身柄を託されたんだぞ。闇討ちにあったとなれば、まずなによりも気がかりなのは、お美津の方のことだろう」

「う、うむ！　たしかに……」

「身近にあって、だれよりも信頼できる者といえば、希和どのと水沼慶四郎のふたりだったにちがいない」

「そうか。お美津の方さまの身辺の守りをふたりに託されたというのだな」

「そうにちがいない。それと、もうひとつ」

　平蔵はひたと桑山佐十郎を見すえた。

「お美津の方と和子をお守りしているのは陰草の者だけだと言ったろう。ならば柴山さまは陰草の者の居どころを知っておられたということになる」

「そうか！　つまり陰草支配のお役目は……柴山どのだった」

平蔵は深ぶかとうなずいた。

「この、ばかたれが！」

佐十郎は両の拳でガツン、ガツンとおのれの頭をたたき、歯がみした。

「ちくと考えればわかることを、神谷に言われるまで気づかなんだとは……」

「無理からぬことだよ。佐十郎はずっと江戸屋敷詰めだったが、その間、柴山さまは国元におられた。おまけに陰草のことは国元の藩重役も知らないというではないか。おぬしが気づかなくても不思議はない」

「そうは言ってもな……」

「それに希和どのが女だということが盲点になっていたんだろうな。だから国元でも駆け落ちではないかという噂まで出たんだろう」

「言われてみれば、そうかも知れん」

佐十郎は太いためいきをついた。

「それに噂が出るには、出ても不思議はない条件が重なっていたからな」

「どういうことだ」

「希和どのは五年前、嫁入りされたが、なぜか一年もたたぬうちに婚家を出られて実家にもどられた。とはいうものの、あのご器量だ。再婚先は掃いて捨てるほどあった。にもかかわらず、柴山家にとどまったままだった。早くに母御を亡くされていたこともあって希和どのが家内を取りしきっておられるという事情もあるが、前々から水沼慶四郎と希和どのとの間になにかあるのではないかという噂もささやかれておったのだ」

「……慶四郎、と」

「むろん噂などというものは無責任なものだ。が、慶四郎がひそかに希和どのを思慕しているというのはほんとうらしいの」

ありうることだと平蔵は思った。慶四郎は一途な質である。長年、柴山家に仕えていれば年上の希和を思慕するようになったとしても不思議はない。希和がその思慕にほだされるということもないとはいえない。

が、それはそれ、これはこれだ。

「噂はどうあれ、父上の喪もあけぬうちに駆け落ちなどするような希和どのではないと、おれは思う」

「同感だ。やはり、希和どのは柴山さまの下知をうけ、慶四郎とともに陰草の里に向かわれたと見るべきだな」

「国元ではふたりを脱藩者とみなして追手を差し向けているそうだが、ねらいはお美津の方と和子の行方をつきとめることだろう」

「おそらく、な……」

「いま、国元の実権をにぎっているのはだれなんだ」

「高坂主馬《こうさかしゅめ》。柴山さまの跡を襲って次席家老になった男だ。年は若いが頭は切れる。五年前、希和どのを娶った男だよ」

「高坂主馬……」

そういえば平蔵も何度か会ったことがある。

代々、藩の執政を出している名門の血筋らしい貴公子だったが、どこかひとを見下すようなところが感じられる男だった。希和とウマがあわなかったのは、そのためかも知れないと思った。

「さっき話した船形どのとの縁組をすすめようとしているのも、高坂を中心とする国元の連中だ。やつらはかつての倉岡派にならって、お為派と称しているらしいから、かつての倉岡派の残党も与《くみ》しておるかも知れんな」

「そんな物騒な連中をのさばらしておいていいのかね」

「いや、殿は来年のお国入りまでに柴山さまの件にかかわった首謀者をつきとめ、処断なされるおつもりだ。そのため、ひそかに目付を国元に差し向けられた。これに陰草の者も手を貸しておるらしい」

「いっそ、お美津の方や和子も江戸に呼びよせられたほうが安全だと思うがな」

「そうでもない。むしろ、いま、陰草の里から出るほうが危ない。お為派の陰謀の確証をつかんで処断するまで待とうというのが、殿のお考えだ」

「宗明さまも、ずいぶんと辛抱がいい方だな」

「陰謀の根を一掃するのは簡単なことではない。下手をすると藩をつぶしかねんからな」

一陣の涼風が舞いこんできたかと思うと、ザザーッと庭木の葉をたたいて大粒の雨が降りだした。ふたりはしばらくの間、黙って京窓の外に白く煙る雨足を眺めた。

「さてと、本降りにならんうちに屋敷に帰るとするか」

そう言うと佐十郎はおとわを呼んで、あずけておいた袱紗包みをもってこさせた。見るからに重みのある袱紗包みだった。

「殿からあずかってきた。なにも言わずに受けとってくれ」

「夕斎どののこともある。殿としても神谷には何かしなくては気がすまぬというところだろうて」

佐十郎はおどけたように、ひょいと片目をつぶってみせた。

「それに、これからも神谷にはいろいろと知恵も借りねばならんからな」

「……金、か」

六

傘をたたく雨の音が一段と激しさを増してきた。

荒布橋を渡りながら、平蔵は胸にずしりとたまる重いものを感じていた。

それは佐十郎が寄越した大金のせいばかりではなかった。

あえて言うなら、歳月の重みとでも言うべきものなのだろう。

屋敷から迎えに来た三人の若侍に守られて帰っていった桑山佐十郎の肩幅のあるうしろ姿には、君側にある藩重役の貫禄がおのずとそなわっていた。

希和は憤死した父の遺言を守るべく、追手の目をくらませながら陰草の里に身をひそめているらしい。

──それにひきかえ、おれは……。

長屋に医者の看板をかかげてはいるものの、家賃が払えるかどうかであくせくしているありさまだ。

「おい、これでいいのか、神谷平蔵！」

思わず自嘲の声を口にだした瞬間、背後から突風のような殺気が襲いかかった。

とっさに傘で払った。刃唸りがするような鋭い太刀筋だった。

バサッと傘を斬り割った剣先が肩をかすめ、袖口を裂いた。

間一髪、躰を沈めながら、平蔵は傘を投げつけざま、抜き打ちに刀を水平に薙ぎ払った。腕にずんと響く手応えがあった。

「うっ！」

雨のなかを、つんのめった黒い影が橋桁に激突し、ずるずるっと橋の上に崩れ落ちた。

曲者はひとりではなかった。

土砂降りの雨幕の向こうに、刃をかまえた影がふたつ見えた。

「何者だっ！」

怒号し、平蔵はすばやく懐中から袱紗包みをとりだすと足元におき、草履をうしろに脱ぎ捨てた。

「今夜のおれは機嫌が悪い！　容赦はせんぞ」

「ほざくな！　きさまは二年前に兄を刃にかけた、いわば敵《かたき》でもある！」

「町医者風情が君側の奸物とつるんで何を企んでおる！」

「ははぁ、磐根の国者だな」

どうやら、ひとりは平蔵が二年前、養父夕斎の死の真相を探っていたとき、闇討ちをしかけられ、やむなく斬り捨てた刺客の弟らしい。そうとわかれば気が楽になった。

「きさまら、おれを敵呼ばわりするのは一向にかまわんが、私利私欲にかられて陰謀を企てている連中にそそのかされていることがわかっているのか！」

挑発した途端、

「だまれっ！」

ひとりが獣のような声をあげながら、剣先をまっすぐに突きだしたまま突進してきた。双の腕がのびきっている。突きは捨て身の技だが、突きをいれる寸前まで腕をためておかなければ殺傷力はない。

――こやつ、真剣を使うのは初めてだな。

平蔵は相手の剣先を見切っていた。躰を斜めにひらき、剣先を胸前でかわすと相手のうなじを存分に斬りおろした。

噴血が雨幕を突き破り、首がごろりと転がった。首をなくした胴体が橋の欄干に突っこんでいった。

残った最後のひとりは刀を上段にかまえたまま凍りついている。

「もう、やめたらどうかな。無駄死にするだけだ」

平蔵は刃を鞘におさめ、背を向けて袱紗包みをひろいあげた。ぐっしょりとぬれてしまった袱紗包みをふところにもどし、草履を履きなおそうとしたとき、降りしきる雨の音にまじって背後から襲いかかってくる跫音《あしおと》がした。

平蔵はふりむきざまに半身をひらき、抜き打ちに下から斬りあげた。

刀を上段にふりかぶったまま、黒覆面をした侍が佇立している。

その躰がぐらりとかしぎ、くの字に折れ曲がったかと思うと、侍は刀をふりかぶったまま身をよじるようにして倒れた。

平蔵は刀を手にしたまま、しゃがんで覆面の下の面体《めんてい》をあらためた。

「やはり、な……」

小網町まで桑山佐十郎をつけてきた侍のなかのひとりだった。

ふと佐十郎のことが気になったが、迎えにきた三人の若侍は江戸屋敷詰めの藩士のなかでも腕利き揃いだと佐十郎が言っていたことを思いだした。おそらく、この三人はそのことを知っていたのだろう。

——だから、ひとりきりになったおれを狙ったということか。

苦い笑いがこみあげてきた。

雨足はますます勢いを増してきている。

人影はどこにも見えない。

——さてと……。

斬り捨てた死体をどうしたものかと考えた。

この雨のなかを歩いて辻番所に届けるのも億劫だった。

朝までには雨が血を綺麗に洗い流してくれるだろう。

橋の上に転がった三つの死屍をあとに、平蔵は足取り重く立ち去った。

三人とも死ななくてもいいはずの人間だった。斬りたくはなかったが、斬らねば斬られる。武士を捨てたつもりだったが、いまだに武士をひきずって生きている。そう思うと、平蔵はなんともやりきれない気がしてならなかった。

第五章　ちゃんはちゃん

一

つい、さっきまでは天の底がぬけたかと思うほど降りしきっていた雨が、いつか煙るような小糠雨に変わっている。

平蔵はしめり気をおびた闇のなかに身を横たえ、腕のなかに縫のなめらかな躰をつつみこんでいた。いつになく激しい営みをおえたばかりの縫の皮膚はしっとりと汗ばんで、かすかな火照りを残していた。

縫はふわりとひろげた浴衣をふたりの上にかけていた。

だれが見ているわけでもなく、灯りひとつないのに、縫は営みがおわると、すぐに身にまとうものを探す。

もう三十路も近いというのに、いまだに娘のような羞じらいをもちつづけている縫を平蔵は好ましいと思っている。

ずぶ濡れになってもどってきた平蔵を、縫はだれもいない暗い部屋のなかでひとりポツンと座って待っていた。

斬り裂かれた袖口を見ても何ひとつ詮索しようとしなかった。

聞かなくても、平蔵が斬撃からもどってきたことは一目でわかる。平蔵が黙っているのは、そのことにふれてもらいたくないからだろう。だったら聞かないほうがいい。縫はそんなふうに考える女だった。

縫は手早く平蔵の着衣を脱がせ、湯を沸かして躰のあちこちについていた返り血を丹念にぬぐい取ると、洗いたての浴衣を出して着せかけた。

そんな縫の仕草のひとつひとつが、血腥《ちなまぐさ》い修羅場をくぐりぬけてきたばかりの平蔵の情念を荒々しくゆさぶった。

黙ったまま縫の腕をたぐりよせると、一瞬、縫は息をつめて身を固くしたが、すぐに全身をぶつけるようにすがりついてきた。

「平蔵さまの身に、なにかあったのではないかと……もう、そればかり……ご無事な姿を見て……縫は……縫は……」

堰《せき》を切ったように、あえぎながら訴える縫の唇を無言でふさぎ、腰が折れんばかりに抱きすくめると、冷たい畳の上で折り重なった。

縫はせわしなく、みずからの手で帯を解き、浴衣の胸をおしひろげて平蔵の手をつかむとおおきく息づいている乳房に導いた。

女の乳房というものは、どんなときでも男の心をなごませてくれるものらしい。持ち重りのする乳房が平蔵の掌のなかでみしっとたわんでゆれた。さっきまで猛々しく荒ぶっていた平蔵の神経が、たちまち柔らかく溶きほぐされてゆくのがわかる。

闇のなかでも、縫の裸身はほの白くかがやいていた。

まるで、これが、この世のおわりになるかのように縫は火照った頬を平蔵の胸にうずめ、双の腕《かいな》を背中に巻きつけると、ひんやりした腿を大胆にからみつかせて平蔵を迎えいれた。

ともに、さだめもわからぬ日を、一日一日生きてゆく男と女であった。その満たしきれない渇きを癒そうとして、たがいを奪いあい、貪りあうかのような切ない営みだった。営みを重ねるごとに縫の女体はとめどもなく目ざめていくようだった。

縫の腕が何度となく虚空をつかみ、足が畳を蹴った。ふたりの汗で濡れる畳の上を、身悶えしながらせりあがった縫は、ふいに鋭く身震いしたかと思うと、かすかな叫び声を放って全身を一気に弛緩させた。

営みは一度ではおわらなかった。

まるで飢えた獣が肉を貪るような営みがくりかえされ、ようやく飢えを満たした平蔵が、汗にまみれた躰を縫のかたわらに横たえると、ふたりはしばらくの間、黙ったまま息をととのえた。

やがて縫は静かに身を起こし、脱ぎ捨てた浴衣をたぐりよせて、ふたりの腰をおおうと、平蔵の腕に頭をあずけ、甘えるように熱い頬をすりよせてきた。

障子をあけはなった裏庭から、小糠雨がもたらす涼風が流れこんでくる。

火照った肌をひんやりした風がなぶる。

「……縫」

平蔵は縫の肩を抱きよせた。

「さっき渡した金はな、おまえが好きなように使っていいぞ」

「ま……なにをおっしゃるかと思ったら」

縫はくすっと忍び笑いをもらした。

「なにがおかしいんだ」

「だって百両ですよ。そんな大金、とてもこわくて使えませぬ」

「ばかな。金なんてものは使うためにあるんだ。なにか欲しいものがあるだろう。着物、帯、櫛、なんでもいいから買えばいい」

「平蔵さまがお使いになるならともかく、女が小判など持ち歩いたら怪しまれます」

縫はまたくすっと笑った。

「お米や、鰯を買うのに小判などだしたら、お店のほうがおどろきますもの」

「ふうむ……存外に不便なもんだな」

縫の言うこともわかる。下町で日常に使われるのは文銭か、一朱銀、二朱銀、せいぜいが一分銀ぐらいのものだ。小判などというものは死ぬまで一度も手にしたこともなければ、見たこともないという者がほとんどだった。

大商人が取り引きに使う貨幣は切餅とよばれる一分銀百枚（二十五両）を紙につつんだもので、小判を取り引きに使うことなど、まず、なかった。

小判というのは大名家か、大身の旗本家、両替商、富商たちのあいだだけで動く特殊な貨幣なのだ。

桑山佐十郎が寄越した袱紗包みの中身は、小判で百両。長屋住まいなら三人家族が三、四年は暮らせる金額である。

大金にはちがいないが、五万三千石の殿様が、百両などという金額を口にするわけがない。おそらくは佐十郎の裁量から出たものだろう。

だから袱紗包みを出したときの佐十郎の口上も、なにも言わずにとか、これからもいろいろとか、ぼかした言い方だった。そこらあたりの微妙な言いまわしが側用人の才覚というものかも知れない。

「ま、辻斬りの代金というところかな……」

ぼそりとつぶやいたら、縫が目を瞠《みは》った。

「まさか……平蔵さま」

「ばか。冗談だよ。冗談」

「ようも、そんな！」

縫はぴしゃっと平蔵の胸板をぶった。

「ふふふ、とはいえ、やったことは辻斬りと大差がないことはたしかだ」

「また、そのような……」

「ま、聞け」

平蔵はこれまでの磐根藩とのかかわりと、真砂での桑山佐十郎との会談のあらましをかいつまんで話した。この分では、これから先、平蔵の身にどんな火の粉がふりかからぬでもない。その用心のためにも話しておいてやるべきだと思った。

「な、これでわかったろう。三人の侍を斬る羽目になったんだ。辻斬りとたいして変わりはしない」

縫は武家の出だけに権力をめぐる藩内の派閥抗争がどんなものか理解できるとみえ、黙って聞いていた。

平蔵は暗い天井をぼんやり見るともなく見ていたが、

「縫。……おれと所帯をもたんか」

ふと口を割って出た言葉に、平蔵は自分でもおどろいた。

唐突だったが、口にしてみると違和感はなかった。むしろ唐突なだけに前々から胸の底にあったものが、自然にあふれて口からこぼれ出したような気がした。

「いつまでも縫に通い妻のようなことをさせておくわけにはいかん。百両あれば縫も賃仕事の仕立てなどせずとも、当分は伊助と三人の暮らしぐらいは立つだろう。そのうち、ぼちぼち患者もついてくるだろうしな」

「平蔵さま……」

胸に顔をうずめたまま、平蔵をすくいあげるように見た縫の眸《め》に、一瞬、喜色がよぎった。

「な、そうしよう。うん、それがいい」

「………」

なぜか、縫は答えようとしなかった。

「どうした。おれでは頼りにならぬか」

「いいえ」

縫はかぶりをふった。

「もったいのうございます。いまのお言葉、縫は生涯忘れませぬ」

縫の眸がしめっていた。

「このような幸せが、いつまでもつづくなどと思ったことはございません」

「どういうことだ」

「いずれ平蔵さまには、平蔵さまにふさわしいおひとがあらわれます。それまでの束の間の幸せだけで、縫は……」

「おい、なにか勘違いしているのではないか。おれは縫とこのままずっと暮らしたいのだ。ともにいて欲しいのだ」

「わたくしには……伊助がおります。それをお忘れなのではございませぬか」

「むろん忘れてはおらぬ。伊助はおれの子としてちゃんと育てる」

「平蔵さま」

縫はそっと目をとじて平蔵の胸に手をさしのべてきた。

「伊助は……伊助は……」

なにか言おうとして、縫はそのままひしとすがりついてきた。

「今夜はなにもおっしゃらずに……もう一度、縫を抱いてくださいまし……」

「……縫」

平蔵は戸惑いながら縫を抱きよせた。

いつの間にか、また縫の躰は火のように熱くなっていた。

二

「おときさん。こいつは四十肩というやつだ。心配はいらん」

平蔵はおとき婆さんの右手をとって、ゆっくりともちあげ、静かに前後に回してやった。

「い、痛いよ！　せんせい」

おとき婆さんは三軒先に住んでいる八百屋の文吉の母親だが、息子がかまいつけないものだから、やれ足が痛い、やれ腹ぐあいが悪いなどと言っては、愚痴をこぼしにくるのだ。

「いいかね。四十肩というのは、痛いからといって動かさずにいるとよけいに長引く。こうやって毎日すこしずつ腕をあげては回しているうちに痛くなくなってくるもんだ」

「四十肩だなんて、せんせい、あたしゃもう五十ですよ」

「四十肩、五十腰というのはもののたとえだ。とにかく日に一度、十回ぐらい、こうやって両腕をまわすことだ」

「でも左の腕はなんでもないんですよ」

「それでも両腕をまわす。でないと、今度は左にくる。いいね」

「わかりましたよ。せんせいはやさしいねぇ。うちの文吉ときた日にゃ、痛きゃ寝てりゃいいだろう、とこうですからねぇ。憎たらしいっちゃありやしない」

「忙しいんだよ。文吉は根っこはやさしい男だよ。だから二十五にもなって嫁ももらわず、母親の面倒をみてくれてるじゃないか。当節、めずらしい孝行息子だと思うがね」

「それなんですよ、せんせい。あたしも早いとこ文吉に身を固めさせてやりたいんですがね。いい娘がなかなかめっからなくってねぇ」

　ぼやきながら婆さんは、裏で洗濯物を干している縫のうしろ姿にちらちら目を走らせている。

「けど、せんせいはいいねぇ」

　と声を落として、にたっとした。

「あんないいひとをちゃっかり、なにしちゃってさ」

「なにしちゃって、とはなんだ。くだらんことを言う暇があったら、さっさと帰って息子の飯の支度でもしといてやるんだな。そのほうが肩も楽になるぞ」

　婆さんの愚痴はどこに飛び火するか知れたものではない。さっさと追い帰した。

「おう、なかなか繁盛しとるようだな。結構、結構！」

　おとき婆さんと入れ替わりに、矢部伝八郎の気楽な声がずかずかとあがりこんできた。

「なにが結構なもんか。いまのは、ただの四十肩の婆さんだ。一文にもならん」

「そりゃ心得ちがいというものだぞ、神谷。医者というのは患者を診てなんぼの稼業だ。タダはいかん、タダは。たとえ百文でも、二百文でも治療代を払わせんと癖になる。ことに連れあいを亡くした婆さんなどは、痛くも痒くもないのに暇つぶしにおしかけてくるもんだ」

「ま、そういうな。あれで棒手振りをしている伜が商いからもどってくると大根か葱でも届けにくる。それで五分と五分」

「いかんなぁ、そういう曖昧なことでは。治療代は治療代、大根は大根、きちっと区別するのが商売というものだぞ」

またぞろ伝八郎の説教癖がはじまったと苦笑しかけたが、

「実はな、昨日、ひさしぶりに紺屋町に顔をだしたら、宮内《みやうち》さんからおかしなことを耳にしたのよ……」

紺屋町には平蔵の剣の師でもある佐治《さじ》一竿斎《いっかんさい》の道場がある。九つのときから佐治道場に通い、一竿斎から鐘捲流を仕込まれたのだ。伝八郎はそのころから佐治道場でともに汗を流した仲である。宮内耕作《こうさく》はその佐治道場の師範代で、平蔵も若いころに宮内からずいぶん鍛えられたものだ。

「おかしなこととは……」

「それが、どうやら磐根藩にかかわりがありそうなのだ」

声を落とした伝八郎は、いつになく真顔だった。

「なに」

「ここではなんだ。ちくと出られんか」

伝八郎は裏庭にいる縫を目でしゃくってみせた。

三

表の看板の止め釘に「休診中」の目印がわりにしている瓢箪をぶらさげておいて、ふたりは弥左衛門店から神田川土手のほうに向かって歩いた。

ちかごろ南土手に団子屋が店をだして、店先の縁台で汁粉や饅頭などの甘い物やところてんなどを出す。女子供が相手の商売だが、ここのところてんは神田川の清水でよく冷やしてあるので喉ごしがいいという評判だった。

別にところてんを食いたいわけではないが、まさか真っ昼間から一杯飲るというわけにもいかない。縁台に腰かけてところてんをすすりながら伝八郎の話を聞くことにした。

「宮内さんによるとな、さる大名家がひそかに腕利きの浪人をあつめているというんだ。それも手当てが半端ではない。月にひとり十両だぞ。この世知辛いご時世に十両とくればこたえられん」

　伝八郎まで喉から手がでそうな顔だった。

「その、さる大名家というのが磐根藩だというのか」

「いや、はきとはわからんらしいが、道場の門弟のひとりが、浪人あつめをやっている男が磐根藩の江戸屋敷に入るのを見たというんだ」

「ふうむ……」

「その浪人あつめをしているやつは助川源六という富田流の使い手で、しばらく佐治道場に出入りしていたらしい」

「ま、富田流は同門みたいなものだからな……」

　鐘捲流の始祖・鐘捲自斎《かねまきじさい》は富田景政を師としている。平蔵が言ったのはそのことである。

「その助川というやつ、まさか宮内さんまでひっぱりこみにきたというんじゃないだろうな」

「それはない。どこかの藩が剣術指南役にというならともかく、宮内さんほどの剣客を月十両でわけのわからん仲間にひっぱれるはずがない。金に困っておる浪人が目当てだろうて」

「どうかな。月十両と言ったときの、きさまの目は怪しかったぞ」

「ん？　おい、神谷。おれの兄者はわずか三十俵二人扶持とはいえ御家人だぞ。その弟がそんなうろんな話に乗ると思うか」

「うん。いまのは失言だ。あやまる」

「よし、詫び料として、ここの払いはきさまもちだぞ」

「わかった、わかった」

一杯八文のところてんの払いにこだわるあたりが、伝八郎の伝八郎たるゆえんでもある。

「それにしても月十両もの手当てを払って浪人者をかきあつめているのが磐根藩だとすればだ。なにをやらかそうというのかね」

伝八郎はところてんの汁まで残さずすすりながら首をかしげた。

「問題は磐根藩のだれが浪人あつめをやっているか、それと、どれくらいの頭数をそろえようとしているか、だな」

「ともあれ、おぬしが側用人から聞いた国元の陰謀にかかわりがあることだけはたしかだろう」

「おい。その助川なんとかという男が磐根藩のだれとつながっているのか聞き出す手立てはないものかな」

「そうさな。やつをふんづかまえて、どこかにかつぎこみ、締めあげて吐かせるというのが手っとり早いが……」

「ばかをいえ。おまえの言うことはどうも乱暴すぎていかん。もっといい知恵はでんのか」

「知恵か。知恵なら売るほどあるが、悪知恵のほうはどうも、な」

首をひねった伝八郎が、ぽんと膝をたたいた。

「そうだ。嘉平《かへい》に頼もう。うん、あいつなら、こういうことには手馴れておるからな」

伝八郎によると、嘉平というのは隠密廻り同心をしている兄の小弥太が探索の手先に使っている男だそうだが、昔は錠前の直し屋だったという。錠前をあけるのがうまいというので盗人に目をつけられ、片棒をかつがされていたが、八年前に悪運つきて、奉行所の捕り方に追いつめられていたところを、運よく別の事件で張り込み中だった小弥太に助けられたということだ。

それがきっかけで、いまでは小弥太の探索の手助けをするようになったそうだが、同心の手先というのは、だいたいがそういう前歴の持ち主らしい。

「なにせ、こいつはどんな錠前でも苦もなく開けてしまうというんで、盗人どもからずいぶんと重宝がられたらしいぞ」

「いいのか、おい、そんな物騒なのを使って……」

「なに、いまはちゃんと女房をもって堅気に暮らしておる。心配はいらん」

伝八郎、ぽんと胸をたたいて大見栄を切ったが、

「それにしても、タダ働きをさせるわけにはいかんぞ。ちくと小遣いぐらいははずんでやらんとな」

「むろんだ」

平蔵が懐から小判を三枚だして、紙に包んだ。

「当座の手間賃だといってやってくれ。うまくやってくれれば、それなりのことはする」

小判を見るなり、伝八郎は目をひん剥いた。

「お、どこぞの金持ちの隠居か、色後家から治療代をがっぽり巻きあげたのか」

「こら、ひと聞きの悪いことを言うな」

平蔵が真砂で桑山佐十郎から小判をもらったいきさつを話すと、伝八郎は目をかがやかせて意気ごんだ。

「ははん、金の出所は磐根藩か。そりゃ巻きあげ口としては大物じゃないか」

どうでも巻きあげたことにきめつけて、

「こりゃ、ところてんぐらいじゃすまされんぞ。どこぞで、ちくと一杯飲るか」

有無をいわせぬ顔つきで舌なめずりした。

「ま、がっつくな。そのうちげっぷが出るほど飲ませてやるが、こんな真っ昼間から赤い顔をしてはいられん。なにせ、これでも医者だからな。休診の瓢簞をぶらさげっぱなしで飲みにゆくわけにはいかんだろうが」

「わかった、わかった」

伝八郎も渋々うなずいた。

「とにかく、嘉平のほうは三両もやれば御の字だろう。助川源六にすっぽんみたいに食らいついて、やつの尻尾ぐらいはつかんでくるだろうて……」

「頼んだぞ」

「それにしても、神谷。このところやたらとご難つづきだの。もしかして剣難の相でも出ておるんではないか」

「ま、やむをえんさ。半分はこっちから買って出たような向きもある」

「ふふふ、その分、貴公は縫どのとよろしくやっとるからな、まちがいなく女難なにがよろしくだ。どうやら伝八郎は、縫のようすが前と変わってきていることに気づいていないらしい。

先夜来、縫はすこしずつ平蔵との距離をおこうとしはじめている。

朝は変わりなく飯の支度をしてくれるし、洗濯も掃除もしてくれる。ただ、夜更けに忍んでくることはなくなった。平蔵が所帯をもとうと言いだしたときの縫の顔と、伊助のことにふれてからの縫の顔はあきらかにちがっていた。おそらくは伊助のことが胸にわだかまっているのだろう。七つの子にとって、母親がほかの男と夫婦になるということが素直に受けいれられるはずはない。が、そのことをなおざりにしておくわけにはいかない。いずれはけじめをつけねばならないことであった。

そんなことを考えている間にも、伝八郎の気楽なぼやきはつづいていた。

「おれも女難の口なら喜んでひきうけたいが、とんとその気配もない。どこかにうまい婿入り口はないもんかのう。……うん、多少は年増でもかまわん。なにせ年増は情がこまやかだというからな。ま、ご面相のほうも贅沢は言うまい。ふくらむべきところがちゃんとふくらんでおれば文句は言わんて」

団子屋の運び女が吹きだしかけている。

平蔵はところてん代十六文を払い、伝八郎をうながして縁台から腰をあげた。

四

団子屋の前で伝八郎と別れた平蔵は神田川の土手をくだって、新石町の火除地を通りぬけようとして、ふと足をとめた。

江戸市中の火除地にはどこでも檜や松、椎や樫など防火用の常緑樹がそれぞれ植えられている。夏の日盛りには火除地の緑陰に涼をもとめてひと息いれたり、ついでに弁当を使ったりするものもいる。

この新石町の火除地の名物は樹齢百二十年といわれる椎の老木で、何度も大火に見舞われながらも火を食いとめてきたというので、ところのひとびとから火除の神木と崇められ、幹には太い七五三縄《しめなわ》が巻きつけられていた。

その椎の老木のなかほどにある高枝の股に伊助が腰をおろし、ぽつんと鴉《からす》のように止まっていた。

「伊助！　そんなところでなにをしているんだ」

下草を踏んで椎の木に近寄りながら平蔵が声をかけると、

「なんもしてねぇや。おいらの凧をとられねぇように見張ってるんだ」

「凧？」

なるほど伊助が馬乗りになっている枝の先に奴凧がからみついている。

おおきく枝を張った椎の木の枝先は、糸をしっかりとからみつけていて、とても取れそうもない。おまけに凧の紙は破れているし、骨まで折れている。

「そんなぼろぼろになった凧なんぞ取りにくるものはいないと思うがな」

「いるさ！　おいらの凧はよくあがるから狙ってるやつが何人もいるんだ」

「いいから、おりてこい。おれが新しい凧を買ってやる」

「ほんとかい」

伊助はたちまち目を輝かせると、猿のようなすばしっこさで老木をすべりおりてきた。だが、途中で気が変わったらしい。

「……いいや。凧なんかいらねぇよ」

口をとんがらせ、ぷいっとそっぽを向いた。

「おかしなやつだな。どうしたんだ」

「だって、よそのひとからものを買ってもらっちゃいけないって、かあちゃんが怒るもん」

「ははぁ」

縫が言うのは、見ず知らずの人間から、やたらにものをもらったりするなということだろう。

「おれはよそのひとじゃないぞ。おれが買ってやる分には怒られやしないさ」

「だめだよ。おじちゃんはおじちゃんで、おいらのちゃんじゃねぇもん」

きっぱりと伊助は言い切ると、足元の小石をポンと蹴った。

「そうか……おじちゃんは、おじちゃんか」

伊助の断言には胸に突き刺さるような手強さがあった。

「……あのさ」

伊助は探るような目を向け、すこし口ごもった。

「おじちゃんが、おいらのちゃんになるってほんとかい」

「む……」

七つの子供の、あまりにもまっすぐな問いかけに平蔵はたじろいだ。

「そりゃどういうことだ。ん……」

「だって……長屋のおばちゃんはみんなそういってるよ」

「………！」

とっさに平蔵は答えにつまってしまった。

――ちっ！　七つの子につまらんことを吹きこみやがって。おおかた火元は向かいの魚屋の嬶《かかあ》あたりだな。

江戸病いで足がむくみかけている癖に遊び好きで口達者なおきんの顔を思いうかべ、舌打ちした。長屋の井戸端会議の音頭取りがおきんだということはだれもが知っている。

――いや、もしかしたら、おとき婆さんということもあるな。

つい、さっき、

「せんせいはいいねぇ。あんないいひとをちゃっかり、なにしちゃってさ」

などと冷やかし半分、やっかみ半分でほざいて帰った婆さんだって怪しいものだった。

とは言うものの、そう噂されても文句はいえない弱みが平蔵にはある。

「ね、そうなのかい」

伊助は真顔だった。

「ばかをいえ。ひとというのは勝手なことを言うものだ。気にするな」

「じゃ、うそっぱちなんだね」

みるみる伊助の顔が明るくなったのを見て、平蔵は胸が痛くなった。気にはなっていたものの、平蔵がこの七つの子供の母親を、毎夜のようにかすめとってきたのは事実である。馴れそめはたがいの空閨の寂しさを癒すものだったにしろ、いまでは縫を愛おしく思っていると言ったところで、七つの子にそんな大人の情愛の機微などわかるはずもない。

「ああ、嘘だとも……とんでもないでたらめだ」

いまは、そう言いとおすしかなかった。

「だいたい、おれがおまえのちゃんになるには、おまえのおっかさんと祝言をあげなくっちゃならない。わかるか」

「ああ、祝言てのは、夫婦になるってことだろ」

「そうだ。まだ、おれはおまえのおっかさんとは祝言をあげちゃいない。だから、まだ、おれはおまえのちゃんじゃない」

いささか苦しい屁理屈だったが、伊助はうれしげにうなずいた。

「へっ、やっぱりな。かあちゃんがそんなことするわけねぇと思ってたんだ」

その素直さが、平蔵にはずしりと堪《こた》えた。

「なぁ、伊助。もしも、もしもだ。おれが、おまえのちゃんになりたいと言ったら、おまえはどう思う」

七つの子にはきつい問いかも知れないと思ったが、ちゃんと聞いておかなければならないことだと平蔵は思った。

「…………」

しばらく伊助は怖い目で平蔵を睨みつけていたが、ふいにそっぽを向いて、

「だって、おじちゃんはおじちゃんで、おいらのちゃんじゃねぇもん。ちゃんになんかなれるわけねえもん」

すこしの迷いもない答えだった。

「そうか、おじちゃんは、おじちゃん、か……」

それは、まさしくゆるぎもない事実だった。

「だって、おじちゃんは、お医者だろ」

と、伊助はためらいながらも、おどろくべきことを口にした。

「おいらのちゃんは侍だったんだぜ。それも、すごく強くて、えらい侍だったって、かあちゃんがいつも言ってるもん。……だから、おいら大人になったら侍になるんだ。ちゃんみたいな、強くて、えらい侍になって……かあちゃんを……か

あちゃんを喜ばしてやるんだ」

途中から伊助は涙声になりかけたが、そこは男の子らしく我慢すると、ぐいと胸を張って誇らしげに宣言した。

「そうか……侍に、なるか」

こいつは参った、と平蔵はホロ苦い思いを噛みしめた。

ここに、その侍を捨てた男がいる。まだ捨てきれているとは言えないまでも、捨てようとしていることはたしかである。ところが平蔵が捨てようとしている、その侍に伊助はなるのだという。

侍というのは見た目は立派だが、結局は権力の走狗でしかない。それに気がついて平蔵は侍を捨てる気になったのだ。

七つの子にそんなことを説いたところで、なんになる。

「よし、わかった。それじゃ伊助はこれから、うんと学問をして、うんと強くならなくっちゃやだめだぞ。侍になるというのは大変なことだからな」

「うん！　わかってるよ」

おおきくうなずいた伊助の眸は、一点の曇りもなくキラキラと輝いていた。

五

「ほう、おじちゃんはおじちゃんで、ちゃんじゃない。そんなことを言われましたか」

井手甚内は碁盤を前に深ぶかとうなずいた。

「七つの子にそう言われたら、かなわんですな」

「参りました……」

平蔵は碁盤に落としていた目をあげて、苦笑いした。

伊助と別れてから、平蔵はそのまま長屋に帰るのは気が重かった。どこへ行くでもなく日本橋を渡り、通町の賑わいをふらふらと歩いているうちに気がついたら、足は明石町の井手甚内の家に向かっていたのである。

妻女の出産に立ち会ってからあと、平蔵は一度、産後の肥立ちのようすを診がてら甚内の家を訪れていたが、なぜ、今日ここに足が向いたのか、いまになってようやくわかった。

おそらくは井手甚内の人柄が、そうさせたのである。

竹馬の友ながら、矢部伝八郎にはこういう話は向かない。

――なにせ、伝八郎はざっかけないからな。

ごちゃごちゃ言わずにさっさと所帯をもっちまえ。七つの子供の言うことなんぞ気にしてちゃはじまらん。そう言うにきまっている。七つの子だからこそ、その気持ちを大事にしてやりたいんだ、なんてことは伝八郎に話してもはじまらない。

その点、井手甚内は年上でもあり、人情のこまやかな機微も嚙みわけられる懐の深さがある、と平蔵は感じていた。

平蔵が訪れたとき、井手甚内は縁側に座りこんで盆栽の黒松の手入れをしていたが、鬱屈をかかえた平蔵のようすを感じとったらしい。

「まだ日は高い。今日はゆるりとしていってくだされ」

そう言いながら碁盤をもちだしてきた甚内を見て、平蔵は内心ホッとした。

面と向かって切り出すには、なんとなく面映ゆい話だったである。

碁盤を囲みながら、平蔵はぽつりぽつりと縫との馴れそめから、今日、伊助からの思いもよらぬ反発に出くわし、情けなくもたじろいだ心情を語った。

甚内は石を打ちすすめながら、黙ったまま耳をかたむけ、静かにうなずいていたが、伊助のことに話がおよぶにいたって、初めて碁盤に向けていた顔をあげ、平蔵を直視したのである。

「神谷どの。おおかた、伊助というその子は、母親をだれにもとられたくない一心なんだと思いますな」

「やはり、そう思われますか」

「男の子とはそういうものですよ。ことに七つとあれば、なおさらですな。神谷どのだから嫌ということではありますまい。相手がだれであろうと、自分の母親を奪うものは許せない。……そういうことですよ」

甚内はどちらかというと訥弁《とつべん》である。見た目も年よりずっと老けているし、武家というより百姓というほうがぴったりくるような土臭い男だが、それだけに誠実さが言葉の端々からにじみでている。その人柄が寺子屋の師匠としての評判を、長年ささえているのだろう。

「それに伊助とやらいう子は、いわば母親の手ひとつで育てられてきたようなものでしょう」

「父親は伊助がまだ幼いころに亡くなったそうです」

「そりゃ、とても勝てませんよ。父親の顔さえ覚えておらんはずだ。母親から聞かされている父親の幻しか、その子の頭にはない」

甚内はしみじみとした目で平蔵を見つめた。

「縫どのには、そのことがよくわかっているんだと思う。おそらく縫どのは、自分のおなごとしての幸せを捨てる覚悟ができているんでしょうな。おおかたの母親とはそうしたものですよ。ま、なかには跳ねっかえりもおりますがね」

甚内はいたわるようなまなざしを、ふわりと平蔵に投げかけた。

「おっしゃるとおりだ……」

平蔵は深ぶかとうなずいた。

先夜の縫の、訴えかけるような目の切なさは、女としての自分と、母親としての自分の、ふたつの狭間《はざま》でせめぎあっている辛さからくるものだったのだ。

「井手どの。やはり、ここをお訪ねしてよかった。なにやら、胸のつかえがおりたような気がします」

「いやいや、言いにくいことを申しあげたようで気が咎めますな。このあたりで碁はさしかけにして、一杯飲りましょう」

甚内が奥に声をかけようとしたとき、まるで待っていたように佐登が台所から酒肴の膳をととのえて運んできた。

「さぁさ、神谷さま、今日はゆるりとなされてくださりませ」

「や、これは……図々しくおしかけてきて、馳走にまでなっては」

「なにをおっしゃられますやら。よう、お出でくださいました。宅もよいお方と知り合えたと喜んでおりますの。いつでも、ご遠慮なくお運びくださいませ」

佐登は産後の肥立ちも順調で、腹がへこんだ分、頬もふっくらとしてきて、ふくよかに見える。赤子を産んだばかりの女に特有の乳の匂いに誘われ、ふと平蔵は縫の乳房を思いだしている自分に気づいてあわてた。

「さ、神谷どの、まずは一献」

甚内にすすめられて盃をとった平蔵に、

「それにしても惜しいことをなされましたな」

「は……」

「いや、縫どののことですよ。いまどき、あれほどよくできたおなごはめったにおりませんからな」

「ま、おまえさま、そのようなことを、いま神谷さまに申されては」

「う、うむ。いや、なに、神谷どのはまだまだお若い。そのうち、いいおひとにめぐりあえるにちがいない」

「いやいや、やはり、わたしはひとり身のほうが性にあっているようです」

「そりゃ、いかん。おなごというものは暮らしのめどさえあればひとりで生きてゆけるものだが、男のひとり暮らしはむさいものですぞ。やれ飯炊きだ、洗濯だのと家事に追われていては、気もめいるし、暮らしも荒れる」

甚内にむさいといわれては立つ瀬がないと苦笑しかけたが、縫との日々をうしなった先のことを想像すると、正直、気がめいった。

「ま、縫どののことは案じられるな。おなごは腹を痛めた子と暮らすだけで充分幸せになれるものですからな。……のう、佐登」

「さ、どうでしょうか」

口に袖をあてながら笑ってみせた佐登の顔は、ふたりの暮らしが満ち足りたものであることを感じさせた。

表で遊んでいたらしい甚内の子供がふたり、勢いよく飛びこんできた。

途端に隣室で目をさましたらしい赤子の泣く声が元気よくはじけた。

ここでは、かつて平蔵が一度としてもったことのない安らぎのある暮らしが、ごくあたりまえのように営まれていた。

第六章　隠密の女

一

　ひさしぶりに訪れた駿河台の実家の茶室できちんと正座した平蔵は、嫂《あによめ》の幾乃の茶筅《ちやせん》さばきをぼんやり眺めていた。

　昼すぎに兄の忠利の使いで下男の市助が長屋にやってきて、すぐ屋敷に来るようにという兄の口上を伝えた。

「なんの用だ」

　と聞いても、市助は、

「てまえどもにわかるはずはございませぬ」

　と言うばかりだ。

　——まったく兄者は身勝手すぎる。

平蔵はひとり立ちするために屋敷を出たのだ。ひとり暮らしの身にも都合というものがある。そんなことにおかまいなく、すぐに来いと呼びつけておきながら、いざ屋敷に着いてみると、いま、書き物をしているから待っていろ、ときたもんだ。

おれは兄貴の家来じゃないんだぞ、と言いたいところだが、昔から兄には逆らえないと観念する習慣が身にしみついている。

もう四十年も神谷家の用人をつとめている塩谷瀬兵衛は、くの字に曲がりかけた腰をふりたてながら、二十畳はある広い書院に平蔵を案内した。

「なにせ、殿はこのところご用繁多でしてな。おかげで爺も年をとる暇とてござりませぬ。ふぁっ、ふぁっ、ふぁっ」

歯がぬけた口をすぼめて笑うと、まさしくひょっとこのお面だ。

「ところで、ぼっちゃまはいくつにおなりでしたかな」

と、またよけいなことを聞く、面倒臭いから、

「爺の孫よりは上だ」

と言うと、ふがふがとうなずいて、

「ほう、もうそんなにおおきくなられまいたか」

ひとり合点すると、せかせかと書院を出ていった。

そのうしろ姿に、ふと亡き父忠高の面影を思いだした。

父は祖父から千三百石の旗本家を引き継ぎ、それを増やしも減らしもせず兄に引き継いだ。どちらかというと融通のきかない男だった。その父が亡くなって十六年になるが、この屋敷のありようは存命のころと何ひとつ変わっていない。いまにも襖をあけて父があらわれそうな気がするほどだった。

平蔵の住まいがすっぽりおさまるほど広い書院から、青葉がみずみずしく茂る庭を眺めていると、嫂の幾乃がやって来て、

「お薄をさしあげますから、茶室にいらっしゃい」

と言われた。

薄茶より冷たい麦茶のほうがよっぽどありがたいが、これまた昔からの悲しい性《さが》で、嫂には頭があがらないから、ありがたく薄茶をいただくほかない。

嫂は優雅な手つきで薄茶を立てながら、やんわりした口調で、やれ暮らし向きに困るようなことはありませぬか、炊事や洗濯はどうしているのですか、などと所帯染みたことを聞いたあげく、いくらお屋敷を出たからといってたまには顔を見せに来るものですよと、まるで母親が家出した放蕩息子の行く末を案じている

ようなことを言う。

「はぁ、ま、どうにか」とか「なんとか、やっております」などと、坊主のお経じゃないが、嘘も方便を駆使してのらりくらりとごまかすしかなかった。

まさか、おなじ長屋に住んでいる子持ちの後家とよろしくやっていて、炊事も洗濯も面倒をみてもらっているなどと言えるわけがない。

なにしろ、平蔵は小さいときに母を亡くし、ひとまわり年上の兄の忠利に幾乃が嫁いできてからは、幾乃の手で育てられたのである。

嫁いできたとき幾乃は、まだ十九歳、平蔵は九つの腕白盛りだった。

白無垢の花嫁衣装をつけた幾乃は、見るからにほっそりしていて、新妻というには痛々しい気さえするほどだった。金屏風の前に座っている幾乃を、へぇえ、これが兄上のお嫁さんか、とぼんやり眺めながら、ちょっぴり羨ましくもあったが、翌日、忠利に呼びつけられ、これからは幾乃を母と思って言うことをきけと頭ごなしに宣告されたときは、へっ、なんでぇ、こんな蚊トンボみたいな女をちょろまかすのはわけもないや、と腹のなかでせせら笑ったことを、いまでもなぜか鮮明に覚えている。

ところが幾乃は見た目とはまるでちがって気性の勝った女性で、ちょろまかすつもりの平蔵が、逆にことあるごとに、こっぴどくやりこめられる始末だった。

もともと平蔵は生まれるとすぐに、父の弟である叔父の夕斎《せきさい》の養子になることがきまったという、やどかりみたいな運命を背負った赤ん坊だった。

医学に没頭するあまり生涯を無妻で通す覚悟をきめていた叔父の老後を案じた父は、嫡子の忠利が家督相続をすませ、妻を娶り、男子を出産したら、次男の平蔵を養子にやると叔父に約束したのだ。

ただ、忠利に万一のことがあれば、平蔵が家を継がなければならない。そのため平蔵は子供のころから旗本の子としての学問や武芸を学ぶかたわら、叔父のもとに通って医学の勉強までさせられた。

皮肉なことに平蔵は医学よりも剣術でめきめきと腕をあげ、後に鐘捲流の佐治一竿斎から印可をうけるまでになった。

しかし父は、幾乃が忠利の嫡子を産み落とすのを待って平蔵を元服させ、約束どおり夕斎の養子にして、半年後に病没してしまった。

夕斎にともなわれて磐根にいくまで、ずっと神谷家で養われていた平蔵の面倒をみてくれたのが幾乃だった。

幾乃は兄よりも怖い存在だったが、遊び盛りの平蔵に内緒で小遣いをくれたり、ときには兄に逆らってまで平蔵をかばってくれたりもした。

その嫂も、いまでは神谷家の奥様としての貫禄もそなわり、華奢だった躰もふくよかになっている。もう四十近い年のはずだが、なかなかどうして女っぷりもまだまだ捨てたもんじゃないな、などと不謹慎な目で幾乃の腰まわりを眺めていると、

「平蔵さまも、いつまでもひとり身ではいられませぬな」

お薄の茶碗を平蔵の前におきながら幾乃がほほえんだ。

「男ひとりでは何かと不自由でしょう」

からかうような目を向けられて平蔵はへどもどした。

「は、いや、まだまだ……」

「なにがまだまだなものですか。もう、お子のひとりやふたりいてもおかしくない年ですよ」

「とんでもない。ひとり口を養うのが精一杯で、とても……」

話の矛先がおかしな方に向きかけたとき、うまい具合に忠利が入ってきた。

「おお、待たせたな」

どっかとあぐらをかいたあたりは、御使番という、旗本のだれもが垂涎《すいぜん》する要

職についている自信に満ちあふれている。

「奥。わしにも茶を一服立ててくれぬか」

忠利はえらそうに幾乃にしゃくった目を平蔵にもどし、ふいに重々しい顔つきになると、すっと背筋をのばした。

「わしはな、こたび上様よりじきじきに巡見使を仰せつかったぞ」

「ほう、巡見使とはご大役ですな。まずは、おめでとう存じます」

巡見使というのは諸大名の領内をみずから視察、検分し、藩政に不都合なことはないか、領民に不平不満はないかを見定め、幕閣に報告する役目である。将軍が代替わりしたときに発令されることが多い、臨時の人事でもある。

巡見は公表されることなく、手足となって働く従者を使い、内密に行われるから大名にとっては手の打ちようがない。しかも、その権限はおおきく、大名をじかに問い糺すことも許されている。

巡見使によって藩政の乱れを告発され、改易になった藩もあるから、大名にとってこれほど怖いものはなかった。一方、巡見使に任じられた旗本にとっては、またとない出世の糸口をつかんだことになる。

「して、兄上はどこを回られますので」

「まずは磐城、陸前を巡見することになろう」

「それは……」

平蔵は思わず絶句した。

「では、磐根藩も」

「言うまでもない。なにせ、磐根藩はなにかと内紛の多いところだからな」

ふいに忠利は険しい目になった。

「平蔵。言うまでもないが、この儀はかまえて他言無用だぞ」

「は……それは、もう」

「わかっておれば、よし。ならば、今日、そちを呼んだわけもおのずと知れたであろう。二年前の磐根藩のいざこざは、ご公儀の温情でお目こぼしになったとはいえ、綺麗に片がついたとはいえぬ。間部《まなべ》さまもそのあたりのことをご存じで、わしに白羽の矢を立てられたのであろうよ」

間部詮房は将軍家宣の腹心で、幕政を左右する人物である。

「そのあたりのことと申されますと……」

「きまっておろうが。おまえが磐根藩の一件にかかわりがあったことは幕閣では衆知のことだ。つまりは、おまえから磐根藩の内情を知りやすいというふくみがあってのご下命だろうよ」

　忠利にはめずらしく弟によいしょするような口をきいたが、それだけ忠利は巡見使という大役の重さを感じているのだろう。

「ははぁ……」

　これは容易ならぬことになったぞ、と平蔵は座りなおした。

　忠利にとっては慶事だが、磐根藩にとっては下手をすれば存亡の危機に直面しかねないことである。平蔵にしてみれば磐根藩そのものには借りもなければ、恨みもないが、旧友の桑山佐十郎と、そして、なによりも希和に地獄を見るような思いはさせたくなかった。

「ともあれ、おまえの顔を見るのもひさしぶりだ。今日はゆるりとくつろいで一献酌みかわそうぞ」

　巡見使という大役を仰せつかっただけに、忠利はいつになく上機嫌だった。

二

　席をあらためて兄と酒を酌みかわしながら、平蔵は磐根藩の頭痛の種が藩主宗明の異母弟にあたる重定にあることを力説した。

「……やはり、な」

忠利もおおかたのことは耳にいれているらしく、格別におどろいたようすはなかった。

「なにせ重定どのは亡き五代さまのご息女を娶《めと》られておるからの。船形郡五千石のあてがい知行では不足ということかも知れんて」

「重定どのが、五代さまの、ご息女を……」

これは平蔵も初耳だった。五代さまとは先代将軍綱吉のことである。

「なんだ。知らなんだのか」

忠利は呆れ顔になったが、

「そうか、この縁組は、そちが長崎にいっておったあいだのことだからな」

うなずくと、なにやら意味ありげに苦笑した。

「なに、五代さまのご息女といっても、表向きはいちおう柳沢《やなぎさわ》侯の娘御ということになっている上、ほんとうのところは大番組の加賀谷玄蕃の娘なのだ」

「加賀谷玄蕃……」

またまた思いがけない名が飛びだしてきた。

「知っておるのか、加賀谷玄蕃を」

「いえ、どこかで聞いたことがあるような……」

ごまかしたものの、平蔵はにわかに緊張した。

聞いたことがあるどころではない。つい先だって加賀谷玄蕃の家来や雇われ浪人を相手に大立ち回りをしたあげく、鎖鎌を使う凶暴な男をはじめ、何人かの侍を斬り捨てた。まさか、あの旗本の面汚しの見本のような男の娘が、先代将軍綱吉のお手がついた女で、それが重定のもとに輿入れしていたことなど、桑山佐十郎も一言もふれなかった。

――佐十郎め、そういう肝心なことを……。

言い忘れたのか、言うのはまずいと思ったのか、いずれにせよ、

――面倒なことになりかねん。

平蔵は兄にさとられぬよう、ひそかにためいきをついたが、忠利はそんな平蔵のようすには一向に気づいたそぶりもなく、

「ふふ、そちの耳に入ったとすれば、おおかた悪評だろうよ」

と、口をゆがめて吐き捨てた。

「加賀谷玄蕃という男はな、元は百俵二人扶持の御家人にすぎなかったが、娘が

親に似ぬ器量よしなのを利用しようとしたのだろうな。どんな手を使ったのかはわからんが、柳沢侯の屋敷に行儀見習いの奉公にあげたのだ」

柳沢侯とは綱吉の寵臣で老中にまで出世し、幕政をわがもの顔に切りまわし、甲府十五万石の大名にまで立身した柳沢吉保《よしやす》のことである。

綱吉はしばしば柳沢の屋敷に足を運んだが、そのとき、接待に出た加賀谷玄蕃の娘の志帆《しほ》に目をつけ、何度か伽《とぎ》の相手をさせたらしい。

むろん、色好みで聞こえた綱吉はすぐに志帆の躰にも飽きてしまったが、将軍のお手つきとなれば無下《むげ》にあつかうこともできない。そこで柳沢吉保は自分の養女ということにして、磐根藩主の次男重定と志帆をめあわせたのだという。

「重定どのが磐根藩のお家騒動の火種になったにもかかわらず、お咎めなしですんだのもそのためだ。つまりは女の尻で助かったようなものよ」

酒のせいか、謹厳な忠利に似合わぬ下世話なことを口にした。

「むろん、加賀谷玄蕃も娘の尻のおかげで百俵二人扶持から一足飛びに二千五百石を頂戴する歴とした旗本に成り上がったが、なにせ器量がともなわぬゆえ、出世もそこまでよ。大番組のだれからも相手にされぬ。いまはくすぶりっぱなしだそうな」

平蔵は内心、やれやれと胸を撫ぜおろした。

もともと加賀谷玄蕃の一件は、非は向こうにあるから表沙汰にはできないだろうが、たとえ表沙汰になったところで咎められるのは加賀谷玄蕃のほうだろう。

しかしながら、幕府の執政たちは重定の正室が綱吉の手がついた女性であることを知っているのだ。磐根藩にとって、重定は疫病神のようなものである。

「兄上。まさか老中方が重定どのに肩入れしようとなされているわけではありますまいな」

「ばかをいうな！　いまの上様はそのような偏頗《えこひいき》はなによりも嫌われる。間部さまもそのあたりはよく心得ておられる。女の尻でどうこうということはありえぬ」

忠利は潔癖な性分だけに志帆の方にかかわった人物を嫌悪しているらしい。

ここらあたりが付け目だな、と平蔵はひそかに胸算用した。

そこへ幾乃が酒肴を奥女中に運ばせて顔を見せた。

「今日はよほどご機嫌がよろしいとみえ、廊下にまで殿のお声が聞こえておりますよ。おなごのお臀《いど》がどうのこうのと、なにやらおもしろそうなお話でございますこと」

「うむ。いや、なに、他愛もないことよ。な、平蔵」

いそいで目くばせしたあたり、兄もどうやら幾乃には弱いらしいと平蔵はおかしくなった。

「ま、たまには殿も羽目をおはずしなされませ。なにしろ、こたびは大役を仰せつかったばかりか、五百石のご加増をいただいたのですから、平蔵さまと存分に祝い酒をすごされませ」

「五百石の、ご加増ですか」

さすがに平蔵も目を瞠《みは》らずにはいられなかった。

この泰平の世で、五百石の加増をうけるというのはめったにないことである。

「なに、ご加増をいただけば、それなりに家人も召しかかえねばならぬゆえ出費もかさむ。ただ、よろこんでばかりはおられぬということよ」

照れ隠しもあってか、忠利はわざと渋い目になってみせた。

「兄上」

とっさに平蔵の脳裏にひらめくものがあった。

「ひとつ、お願いしたいことがございますが……」

「なんだ。金の無心か」

「いえ、ご加増に甘えるわけではございませんが、兄上のもとでなんとか一人前の武士に育てていただきたい者がおりまする」

「ほう。どんな若者だ」

「は、それが、まだ七つになったばかりですが」

「七つだ、と。平蔵もすこしは考えてものを言え。いくら家人をふやすといっても、七つでは若党にもならんではないか」

「そこを曲げて、お願いできませぬか」

「ふうむ」

しばらくの間、忠利は難しい顔で平蔵を睨みつけていたが、

「どういう素性の者か話してみろ」

平蔵は内心、しめたと思った。

子供のころから忠利は諾否のはっきりした性分である。考慮の余地がないときは、ハナから受けつけない男だ。その男が話を聞こうというからには脈があるということだ。

平蔵はあらんかぎりの弁舌を駆使して伊助と縫の売り込みにかかった。

まず、伊助が歴とした武士の子であること、なによりも不遇のうちに病没した

父親を敬愛しつづけ、いずれは父親のような強くて立派な侍になるのだという堅い意志をもっていること、そしてそれは母親の育て方の賜物であることを力説した。

ことに伊助の父の前原伊織が仕えていた美濃岩村藩が改易させられたのは家中にささいな内紛があったのを柳沢吉保が咎めたもので、本来なら改易させられるほどの過失ではなかったなどと、平蔵の私見もちょっぴりつけくわえて強調しておいた。

柳沢吉保はすでに失脚している上に、兄が柳沢吉保のかつての幕政専横を苦々しく思っているらしいと感じたからである。なにしろ堅物の兄が、女の尻などという下品なことを三度も口走ったのだ。この勘は、まず、はずれっこないと平蔵は確信していた。

「ううむ。たしかに美濃岩村藩の改易は、いささか酷にすぎたという意見もすくなからずあった」

うまい具合に平蔵のしかけに忠利は乗ってきた。

「浅野内匠頭《たくみのかみ》が殿中で吉良どのに刃傷《にんじょう》におよんだ件も、本来なら喧嘩両成敗が順当なところだったと、これは新井白石どのも明言されておるそうな」

ひょんなところで新井白石の名が飛びだして、平蔵はここぞとばかりに身を乗りだした。

「そこですよ、兄上。実は先ごろ白石先生のお屋敷を訪ね、伊助の件をお願いしたところ、どこかよい口があれば周旋してやろうとおっしゃってくださったのですが、なにせ、ご多忙ゆえ、そのままになっております」

平蔵、とっさの思いつきで新井白石を利用した。屋敷を訪ねたことは事実だからまんざらの嘘八百ではない。

が、その効果は絶大なものだった。

「そうか、おまえは白石先生の塾生だったからな」

なにしろ、新井白石は現将軍の学問の師でもあり、政治顧問でもある。

高級官僚である兄にとって、新井白石の名がもたらす効果ははかり知れないものがあるはずだと、平蔵は踏んだ。

「おまえがそれほど申すなら考えてもよいが、なにせ、七つの子では武士としてしつけるにも骨がおれような」

「よいではありませぬか」

かたわらから幾乃が援軍をくりだしてくれた。

「しっかりした母親がついているのなら、こちらで育てる苦労はいりますまい。その縫とやらも、八十石の扶持をとっていた武士の妻なら、神谷の家の奥女中のしつけもまかせられましょう。平蔵さまがこれほど申されているのなら、まず、人柄もまちがいはありますまい」

この幾乃の口添えが決め手になった。

「よかろう。一度、その母親ともども屋敷に連れてまいるがよい」

「兄上、かたじけのう存じます！」

頭をさげた平蔵の脇の下から、ドッと汗が噴きだした。

三

駿河台から淡路町に向かう坂道を、ところのひとは暗闇坂とよんでいる。

左右に武家屋敷の土塀がつらなっている上に、塀越しにのびだした大木の枝葉が傘になって覆っているため、夜空も見えない暗闇になるからだ。

神谷平蔵は屋敷で借りてきた提灯を手に、ほろ酔い気分で暗闇坂をくだりはじめた。もう五つ（午後八時）をとうに過ぎている。

それにしても……。

――女の勘というのは怖いもんだな。

玄関の式台まで送って出た嫂の幾乃が、別れぎわに平蔵の耳元に顔を近づけ、

「その縫どのというおひと、平蔵さま好みのおひとのようね」

そう言って幾乃はからかうようなふくみ笑いをもらしたのである。

まさか通い妻のようなものだとまでは思っていないだろうが、あのふくみ笑いはあたらずとも遠からずという気がする。

――いかん。どうも嫂上のほうが役者は一枚上らしい。

ともあれ、伊助を縫といっしょに兄の手元にあずけることができれば上出来というものだろう。伊助も縫といっしょなら文句はいうまい。千八百石の旗本の家臣なら一人前の侍と言える。

なにしろ平蔵は伊助から縫をかすめとったという後ろめたさがある。その罪滅ぼしというわけでもないが、これですこしは気が軽くなった。

暗闇坂をおりきったとき、うしろから小走りに近づいてくる跫音《あしおと》がした。

紅鹿子《べにかのこ》の紐をつけた編み笠をかぶり、水色脚半《きゃはん》に白足袋、手に三味線をかかえた、鳥追い女と称される門付けの女太夫だった。行商人が泊まる宿場や、舟遊び

の商人たちが出入りする舟宿に門付けして三味線をひき、物乞いをしたり、ときには色好みの客の伽の相手もする女だが、武家屋敷が軒をつらねる駿河台ではめったに見かけない。

それにしても女ひとりで提灯も持たず、この暗闇坂をぬけてくるとは度胸のいい女だと思っていると、平蔵が手にした提灯の灯りをかすめて追い越しざまに女がささやきかけた。

「旦那、つけられてますよ」

淡い提灯の火影にちらと見せた白い横顔に覚えがあった。

「おもん」

まさかと思いつつ声をかけてみたが、女の姿は角を曲がって闇のなかに消えた。

「おい……」

いそいであとを追って角を曲がったが、女の影も見えなかった。

「ひと違いだったか」

首をかしげながら歩きだしたとき、しもた屋の軒端の陰から白い腕がのびて手首をつかまれた。おもんの白い顔が闇ににじんでいる。

「さ、早く」

平蔵の手首をつかんだまま、おもんは片手で家の脇戸をあけて平蔵を門内にひきずりこんだ。

「おい……いったい」

「しっ！」

おもんは指を平蔵の口におしあて、目をしゃくってみせた。

脇戸の前に乱れた跫音がひびき、殺気だった男の声がした。

「たしかに、この角を曲がったはずだ」

「おかしい！　ここは一本道だぞ。どこに消えたんだ」

「おい。あやつ、ほんとに神谷の弟なのか」

どうやら男の頭数は三人らしい。おもんは平蔵の袖口をつかんだまま、ひたと平蔵に寄り添っている。濃い化粧の匂いが夜気にこもって平蔵の鼻孔をくすぐる。

平蔵は袖口をつかんでいる、おもんの手を静かにはずし、刀の柄に手をかけた。

「まちがいない。屋敷の外に見送りに出た下男が、ぼっちゃまと呼びかけたのを聞いている。なんでも神谷の次男坊で、屋敷を出て新石町の長屋で町医者をしている平蔵という男だ」

「ま、今夜のところはひきあげよう。まさか巡見使が町医者風情の弟を手先に使うわけもあるまいて……」

「しかし、あの藪医者は横川周造どのや奥田を斬った男だぞ！　仲間の仇討ちということもある。いずれは、たたっ斬らねばならんやつだ」

ははん、と平蔵は苦笑いした。どうやら、やつらは平蔵が斬り捨てた加賀谷玄蕃の雇われ浪人の仲間らしい。

また、おもんが袖口をつかみ、出るなと目で止めた。

外の三人は、まだ、迷っているようすだ。

「奥田の仇討ち、か……」

「うむ。それに今夜、あやつは酒に酔っておる。斬るなら、今夜だな」

「よし！　新石町なら、まだ先だ。いまなら追いつけよう」

平蔵は刀の鯉口を切りながら、脇戸をあけて路上に出た。

「おい。おめあての藪医者ならここにいるぜ」

声をかけざまに抜き打った刃が、手前にいた浪人の右の肩口から左の胸にかけて深ぶかと斬り割った。とっさのことで刀を抜きあわせることもできず、浪人は刀の柄に手をかけたままの格好で棒倒しのように路上に突っ伏した。

「お、おのれ！」

「卑怯な！」

あとのふたりは素早く左右にわかれて挟撃のかまえを見せた。さすがに雇われ浪人らしく修羅場馴れしている。不意を食らった割りには立ち直るのも早い。

ひとりは平蔵の正面に立ち塞がり、剣を八双にかまえ、じりじりと爪先をずらせながら左へ、左へとまわりはじめた。もうひとりは、平蔵の背後にまわりこみ青眼のかまえから剣先を微動させている。一気に突きを入れようとしているのだ。

平蔵は剣先を正面の浪人に向けながら、背後からの突きを用心して、躰を右斜めにとった。

「卑怯が聞いて呆れるな。酒に酔っているから斬りやすいと相談していたのは卑怯とは言わんのかね」

挑発しようとしたとき、正面の浪人が踏みこみざまに八双のかまえから刃風を巻きあげ斬りおろしてきた。その踏みこみより一瞬早く、前にすりぬけた平蔵は剣をふりあげた浪人の胴を水平に薙ぎはらった。刃が存分に肋骨を断ち割った手応えが腕に伝わってきた。

平蔵は返り血を避けながら浪人のうしろに走りこむと、背後からの突きに備えて薙ぎはらった刃を返したが、そこに見たものは剣先を平蔵に向かって突きだしたまま、目をくわっと見開いて棒立ちになっている浪人の姿だった。

浪人の背後から蛇のように巻きついた白い腕が、匕首《あいくち》で浪人の心の臓をえぐっていた。

「……おもん!?」

思わず平蔵はわが目を疑った。匕首を浪人の心の臓に突き刺していたのは、ま
さしく色っぽい門付け姿のおもんだった。

おもんは握りしめていた匕首を引きぬきながら、浪人を突き離した。

浪人は黒い血しぶきを噴出させながら、前のめりに二、三歩たたらを踏むと剣
先を突きだしたままドサッとボロ屑のように倒れこんだ。

一度、海老が跳ねるように背中が鋭く痙攣したが、それきりだった。

「おどろいたな。おまえは、ほんとに真砂のおもんなのか」

それには答えず、おもんは平蔵の腕をかかえこむと、

「さ、早く！　ひとに見られてはなりませぬ」

そう言うと、さっきの脇戸を潜って門内に平蔵をみちびいた。

四

なんとも得体の知れない家だった。

見事な龍虎が彫られた欄間を見ながら、平蔵は首をかしげっぱなしだった。

十二畳もある書院造りの座敷の床の間に飾られた青磁の花瓶も、杜甫《とほ》の詩を筆書した掛け軸も、大名道具のような風格のあるものだった。床の間の脇にある桑の木の違い棚におかれた鳳凰《ほうおう》の香呂も唐《から》渡りの逸品らしい。

刀架けがないところを見ると武家屋敷でないことだけはたしかだった。

おもんについて飛び石を踏みながら玄関につくと、まるで待っていたように引き戸をあけて六十すぎらしい婆さんが手燭をもって迎えてくれた。

おもんを見ても怪しむようすはなく、黙ってこの部屋に案内してくれたところを見ると、おもんの家のようでもある。

おもんは平蔵の衣服に返り血がついていないかどうかたしかめると、婆さんに酒の支度をするよう言いつけて、

「着替えをしてきますから、しばらく待っていてくださいね」

と言いおいて部屋を出ていった。

──それにしても……。

あの真砂の女中頭がこんな立派な家を持てるはずはない。

──あの女は、いったい、何者なんだ。

おもんの、あの鳥追い女の風体が人目をあざむくための偽装だということはわかる。

なんのために偽装しているのか見当もつかないが、ただの町方の女ではないことはたしかである。

暗闇のなかで、刀を手にした浪人の背後から抱きついて、匕首で心の臓をひと突きでえぐった手練れは並のものではない。度胸といい、手際の鮮やかさといい、よほど鍛練をつんだ者でなければできないことだ。

「わからんな……」

また平蔵が首をひねったとき、襖があいて婆さんに酒肴の膳を運ばせ、おもんが入ってきた。さっきまでの白塗りの厚化粧をきれいに洗い落とし、おもんはすっぴんのままだった。

鳥追い女の仇っぽい着物は、こざっぱりした涼しげな絽縮緬《ろちりめん》に着替え、白い綾織りの帯をきりっとしめている。

「いま、辻番が来て通りの死体をひきとっていきました。奉行所じゃ辻斬りの仕業と見て手配しているようですよ」

裾をさばいて平蔵のかたわらに座ると、おもんは銚子の酒を盃に注ぎ、白い咽をそらせて一息に飲みほしてほほえんだ。

「さ、お毒味はしましたから、ご心配なくどうぞ……」

と盃を平蔵にさした。

「おい、おもん。……いったい、どっちのおもんが、おもんなんだ」

われながら、間抜けな科白《せりふ》だと苦笑したが、本音だった。

「いやですよ、神谷さま。まさか狐や狸じゃあるましい、ここにいる、いい女がおもんですよ」

紹縮緬の袖で口をふわりとおさえて睨んでみせた。

「でも、今夜のことは真砂にはないしょにしておいてくださいね」

「佐十郎にも、ということだな」

「桑山さまがこんなわたしをご覧になったら、狐でもついたかと思われるにきまってます」

盃を口に運びながら、平蔵は首をのばしておもんの尻をのぞきこんだ。

「どう見ても、しっぽはついておらんな」

「もう！　怒りますよ」

おもんは袖で平蔵を軽くぶつと、膝をよじって近々とにじりよった。

絽縮緬の下から二布《ふたの》につつまれた太腿が透けて見える。

このところ女っ気から遠ざかっている平蔵には目の毒だった。

「それにしても、やつら、なんでおれなんかをつけまわすんだ」

「それは……」

おもんはちょっとためらったが、

「神谷さまというより、お兄上の屋敷を見張っていたんだと思いますよ。だって、加賀谷玄蕃と船形の重定どのは、ひとつ穴のむじな……」

さらりと言ってのけた。

「そうか。つまり、やつらは兄上が仰せつかった公儀のお役目を、すでに知っているということか」

「……………」

「ふふふ……」

おもんは黙っていたが、あえて否定しなかったということは認めているということだろう。

「下手をすると兄上の身に危害がおよぶかも知れんな」

「その心配はご無用だと存じます。お兄上の御身はご公儀の手でぬかりなく守られておりますから……」

「ご公儀の手、というと……公儀隠密のことか」

「ご詮索はそれまでにしてくださいまし……」

笑みをふくんだおもんの目に謎めいた霞がかかった。

そうか、このおもんも公儀隠密のひとりなのだと平蔵は確信した。

それなら、腑に落ちる。公儀隠密は諸国のいたるところに埋伏し、下命を待っているのだと聞いたことがある。諸藩が屋敷をかまえている江戸市中に埋伏している公儀隠密がいたとしても不思議はない。

おそらく、おもんは公儀隠密として真砂にもぐりこんだ埋め草のひとりにちがいない。真砂が看板もあげずに商いができるのは、桑山佐十郎だけではなく、諸藩の重役たちも利用しているからではないか。だから公儀隠密がもぐり込む意味がある。あの、おとわという女将まで、涼しい顔をしているが、おもんの仲間ということも考えられる。

――佐十郎のやつ、昔から女には甘いところがあったからな。

「おい……」

平蔵は盃をおもんにさしながら、探りをいれてみた。

「さっきの浪人者がおれをつけているとし、どうしてわかったんだ」

「暗闇坂は一本道ですよ。怪しげな浪人が三つも雁首《がんくび》そろえて神谷さまのあとを追っていりゃ、つけているぐらいのことはわかりますよ」

「なるほど、ね」

語るに落ちる、というやつだと平蔵はにやりとした。

おそらくは、神谷の屋敷を見張っていたあの浪人者を、おもんもはさらに監視していたのだろう。

深夜、鳥追い女に化けていたわけも、あの修羅場に恐れげもなく踏みこみ、迷うことなく匕首をふるったのも、おもんが公儀隠密ならばこそだ。

――おもしろい。

平蔵はにわかに、おもんという女に強い関心をいだいた。

いまのところ、おもんが平蔵に害意をもっていないことはたしかだろう。とはいうものの、なぜ、おもんが公儀隠密という正体がわかってしまうかも知れない危険をおかしてまで平蔵に肩入れするのかはわからなかった。だが、わからないからこそ、興をそそられる。

もともと平蔵はどこかに陰のある、謎めいた女にひかれる質でもある。

この、おもんという女にとことんつきあってみるのもおもしろい。それに公儀隠密などという女にはめったにかかわりあえるものではない。もちまえの平蔵の旺盛な好奇心がむらむらと頭をもたげてきた。

長屋の町医者暮らしも悪くはないが、婆さんの愚痴につきあったり、口達者な女房たちの暇つぶしの相手も、いい加減飽きてきたところだった。おまけに今夜は不逞浪人とはいえ、ふたりもひとを斬って血が騒いでいる。とてものことに、おとなしく寝つけそうもなかった。

「今夜はどの木戸も町方の目が光っていますから、明け六つまではここにいらしてくださいな」

「よし、飲もう」

平蔵は盃を飲みほし、おもんにさした。

「ひとつ、ふたりでしっぽりと夜明かしで飲むとするか」

「あら……うれしいことをおっしゃる」

おもんは白い咽首をそらせて一気に飲みほした。

「さ、ご返盃」

と平蔵に盃をさしだした手をぐいとひきよせた。

「あ……」

一瞬、おもんは目を瞠ったが、すぐにくずれるように平蔵の胸に躰をあずけてきた。絽縮緬の裾が割れ、くの字におれまがった素足の白さが目にしみた。

「いいんですか……神谷さま」

全身のちからをぐったり抜いて平蔵の胸に躰をあずけながら、おもんは挑むような眸ですくいあげるように見あげた。

「こんな物騒な女……いつ、寝首をかくかわかりませんよ」

「そのときは、そのときだ。どんなおとなしい女でも裏切るときは平気で男の寝首をかく。寝首をかかれても抱きたいと思うほどの女を探すのが男というものだ」

おもんの目がキラキラと猫の目のように光った。

「神谷さま」

おもんは両の腕をのばして平蔵の首に巻きつけると、せりあがるようにして唇をよせてきた。ぽってりとふくらんだ唇がなかばひらいていた。

吐く息がせわしなく乱れている。おもんの息は熟れきった女が発散する官能の匂いでむせかえるようだった。

おもんは瞼をとじ、そっと唇をかさねると舌の先を平蔵の口にこじいれてきた。とじた瞼がかすかにふるえていた。おもんの舌が生き物のように平蔵の口のなかでチロチロとうごめいた。

平蔵はおもんを膝のあいだにかかえこみ、襟前から手をさしいれた。

おもんの肌は掌に吸いつくようだった。平蔵の手がおもんの乳房をとらえた。むちっとはずむ乳房を掌ですくいあげ、親指で乳首を探った。粒だった乳暈の先端の乳首は固くしこっていた。しこった乳首を親指でゆっくりと愛撫した。

「あぅ、う……」

おもんが声にならない声を放って、ひしとしがみついてきた。平蔵の膝のあいだにすっぽりとはいったまま、おもんは腰をよじり、白足袋の足が畳を蹴ってもがいた。

割れた絽縮緬の裾前からむきだしになった太腿のあいだに、淡く煙るような陰りが見える。平蔵の手がなめらかな内腿をなぞりながら陰りの奥にひそむ熱く湿った狭間にもぐりこんだ。

「か、神谷さま……」

おもんは喘ぎながら、せわしなく帯を解きはじめた。

「ま、まって……まってくださいな」

「まてぬ」

「そんな……」

おもんは平蔵の首に腕を巻きつけたまま、のしかかるように平蔵に覆いかぶさってきた。おもんの息づかいは、もはや耐えきれぬほどに切迫している。

おもんはおどろくほど大胆だった。

むきだしになった太腿をひろげて平蔵に跨がると、一気に帯を解いた。

あわただしく双の肩を絽縮緬から抜きとると、二布の腰紐も解いて畳にふわりと投げ捨てた。置き行灯の淡い灯りが、おもんの裸身をほのかな影絵のように浮きあがらせた。息を呑むほど美しい裸身であった。

ふたつの乳房が平蔵の目の上で重たげにゆれている。

「おもん……」

平蔵が手をのばすと、おもんはくずれるように裸身を投げかけてきた。

甘い髪油の匂いが、平蔵の鼻孔を鋭く刺激した。

平蔵は静かにおもんの背を愛撫した。おもんの背中は練り絹のようになめらかで流れるような曲線を描いている。曲線は腰のあたりで谷間となり、やがて盛りあがるような丸みをもって尻のふくらみにつながっていた。

ふたつの尻のふくらみを指でつかんでひきよせた。

ひんやりしたおもんの肌はしっとりと汗で湿っていた。

弾力のあるふたつの乳房が平蔵の胸でひしゃげ、ひしゃげてははずんだ。

おもんは片手を添えて、乳房を平蔵の口におしあてた。固くしこった乳首を口でとらえて吸いあげると、おもんは腰をのけぞらせ、鋭く身ぶるいした。

おもんは両腕を突っ張って体重をささえながら、こんもりとした茂みにつつまれた股間のふくらみをこすりつけてきた。耐えがたいほどに怒張した男根をザラリとした茂みでこすりあげつつ、おもんは思うさま両の太腿をひらいて平蔵の上に跨がってきた。おもんの股間はあふれでる愛液でしとどに濡れそぼっている。

その狭間に平蔵を迎えいれ、おもんはゆっくりと腰を律動させた。

置き行灯の灯りが、ふたりのひそやかな交媾《まぐわ》いの影絵を襖に映しだしていた。

おもんは気が遠くなるほどゆっくりした律動をくりかえしていたが、やがてそれがせわしくなり、しぼりあげるような声を放ったかと思うと、鋭く全身を痙攣させた。

平蔵は荒々しく躰を起こすと、おもんの腰をすくいとり、存分に太腿をおしひらいた。平蔵の一物はおもんの狭間のなかで、まだ怒張しつづけていた。

「おもん……まだ、明け六つにはたっぷり間がある」

平蔵はおもんの尻を鷲づかみにし、怒濤のように貫きはじめた。

「か、神谷さま……」

おもんはふたたび、平蔵の動きに応え、ひしとしがみついてきた。

五

縫は顔を伏せたまま、黙って平蔵の話を聞いていた。

「伊助にしてみれば旗本の若党では不足だと思うかも知れんが、そのときは、御家人の株を買うという手もある」

平蔵は懐から袱紗につつんだ小判をとりだし、縫の膝前においた。

「この前、磐根藩からもらった百両のうち、五両はおれが使ったが、まだ九十五両は残っている。何かの足しになるだろう。もって行くがいい」

「平蔵さま……」

おどろいたように縫は顔をあげた。

「いけませぬ。そのような……」

「おまえにやるのではない。伊助のために使うがいい。御家人の株の相場は六十両から八十両だそうだ。……むろん、金に困って武家を捨てるくらいだから、御家人といっても三十俵から百俵扶持の、食うのも精一杯というところだろうが、天下の直参《じきさん》に変わりはない。縫がついていて、伊助をしっかり仕込めば御家人でも出世の道はひらける。兄上にも、嫂上にもそのあたりのことは念をおして頼んでおいたから心配はいらん」

「……平蔵さま」

また、顔を伏せた縫の肩がこきざみにふるえ、きちんと座った膝にポツンと涙がこぼれ落ちた。

「ばか、泣くな。……これは伊助の門出だぞ。伊助のちゃんにはなれなかったおじちゃんの、せめてもの……」

罪滅ぼし、と言いかけた言葉を飲みこんだが、昨夜のおもんとの秘めごともある。罪滅ぼしというのも、まんざら的はずれではないな、と苦笑した。

「ま、餞別というところかな」

ついに縫は畳に顔をおしつけて声を殺して泣きだした。

「おい。長屋のかみさんたちが、おれが苛めていると勘違いするではないか」

「申しわけ……ございませぬ」

縫は両手を畳についたまま、ひたと顔をあげた。

「お許しくださいませ！」

「許せ、とはどういうことだ」

「これをご覧くださいまし」

縫が懐から、きちんとたたんだ文を取りだした。

「きのう、小田原におります叔父からとどいた文です」

「叔父。頼りになるような親類はおらんと申していたのではなかったか」

「申しわけありません。わたくしは、だれの世話にもならず、ひとりで伊助を育てるつもりでしたので、そう申しておりましたが、実は主人が亡くなりましたとき、母の弟で小田原の郷士《ごうし》に婿入りしておりました叔父が、子がおりませんので伊助を養子にしたい、小田原にこいと文をくれましたのです……」

「そのときは断ったんだな」

「はい。……でも、伊助がどうしても武士になりたいと子供ながら一心に念じているど知って、歴とした知行取りではありませんが、郷士も武士のはしくれ、すこしは伊助も納得するかと思い、叔父に文をだしたところ、よろこんで迎えてくれるという返事がまいりましたので、昨日、伊助を連れて小田原に行くという文をだしたばかりでございます」

「……そうか、そうだったのか」

平蔵の胸のなかを一抹の寂寥《せきりよう》ともいうべき風が吹きぬけた。

男というのは勝手なもので、縫との秘事はきっぱりと断ち切ったつもりでいたが、いざ遠くに去ると思うと侘しい気がする。

「平蔵さまのお心づくしを無にするようで、なんとお詫びしてよいやら……」

「つまらん気づかいはよせ。おれは、伊助と縫が望むような道筋をつけてやりたかっただけだ。それで、伊助は承知したのか」

「はい。……あの子には、郷士も、お旗本も区別はつきませぬゆえ」

「それなら言うことはない。なんの、郷士も立派な武士だ。下手な御家人になるより、むしろ伊助には好ましい道かも知れんぞ」

「そう、おっしゃっていただければ……わたくしも」

「よし、ならば、これは餞別だ。小田原に行っても伊助にはいろいろ学ばねばならんことがたくさんある。この金を伊助のために使うがいい」

「いえ。それは……」

「もともと、この金はおまえのために使おうと取っておいたものだ。ごちゃごちゃ言わずにもってゆけ」

「平蔵さま」

縫の目が、また潤みかけたとき、伊助が勢いよく飛びこんできた。

「おじちゃん！　お客さんだよ」

やはり、おれはどこまでもおじちゃんか、と苦笑しながら出てみると、尻っ端折りした、目付きの鋭い三十がらみの男が立っていた。

「お医者の、神谷平蔵さまのお宅は、こちらで……」

「ああ、おれが神谷だが。往診でも頼みにきたのか」

「いえ、あっしは根津の嘉平の下ではたらいておりやす仁吉《にきち》ともうしやすが、矢部伝八郎さまから、これを旦那にお渡しするようにと」

懐中から結び文をさしだした。

こやつ、どうやら伝八郎が言っていた嘉平の下っ引きらしい。

何事かと、文をひらいてみると、

――助川一味の巣窟《そうくつ》をつきとめた。この男についてきてくれ。伝。

巣窟などと書いてよこすあたり、いかにも伝八郎らしい。

「わかった。すぐ支度するから待ってくれ」

部屋にもどると、事情を察した縫が刀を手にさしだした。

「お気をつけて……」

「うむ。……小田原には、いつ発つつもりだ」

「できれば、明日にも、と思っておりますが」

「わかった。日暮れには帰れるだろう。……待っていてくれるか」

「は、はい……」

第七章　巣　窟

一

仁吉は常盤橋《ときわばし》の舟着場につないであった猪牙舟《ちょきぶね》に平蔵を乗せると、巧みに艪をあやつって日本橋川に漕ぎだした。

猪牙舟は山谷舟《さんやぶね》ともよばれる先端の尖った細長い軽舟で、船頭ひとりで客を運べるように造られた舟である。江戸城を中心に市中を縦横に水路が走っている水都の江戸では、物を運ぶにもひとを運ぶにも、舟はかかせない交通手段だった。

なかでも舟足が早く、運賃が安い猪牙舟は急場の使いにもよく使われ、人目を忍んで舟宿から吉原に向かう遊客にもよろこばれていた。

餓鬼のころから猪牙舟を漕いでいたというだけあって、仁吉の艪さばきは鮮やかなものだった。

日本橋川は江戸一番の繁華街である通町に隣接している運河だけに、材木や米はもちろん問屋に運びこむ商品をつんだ大小さまざまな荷舟がひっきりなしに行き交う。そのなかを、仁吉が漕ぐ猪牙舟はまるで舳先に眼でもついているかのように巧みにすりぬけていった。

たちまち隅田川に出た仁吉の猪牙舟は舳先を北に向けると、みるみるうちに新大橋、両国橋をくぐりぬけ、水戸家の下屋敷を右に見たところで北十間川に入った。北十間川は幕府が隅田川から中川にぬける運河として造った掘り割りで、荷舟が通れるように川幅も十間（約十八メートル）ある。

このあたりは川向こうとよばれ、隅田川沿いの本所、深川、向島あたりには御家人の組長屋や大名家の下屋敷もあり、商店や長屋も建っているが、そのほかは葛飾村の田畑が一面にひろがっている農耕地で、灌漑と荷舟の往来のための水路が縦横に走っている。

「おい。いったい、どこまで連れて行くつもりだね」

北十間川をぬければ中川に出る。その先は江戸の御府外になってしまう。いささか気になって仁吉に聞いてみた。

「まさか、お江戸を出ようってわけじゃあるまいな」

「ご心配にゃおよびません。ほら、そこの岸っぺたにある味噌倉に、矢部の旦那やうちの親分が待っておりやすんで……」

仁吉が目をしゃくった先の右岸に、「〈伊」の屋号を塗りこめの白壁に印した味噌倉が三棟、川に向かって建っていた。その舟着場に猪牙舟をつけると、仁吉は身軽に舟を飛びおり、猪牙舟の舫《もや》い綱《づな》を杭に巻きつけた。

仁吉は、一番端にある味噌倉に平蔵を案内した。

「ここは日本橋の伊勢屋さんてぇ大店の倉なんですがね。いま、ここの倉は空いてるってんで、親分が伊勢屋の旦那に頼んで使わせてもらってるんでさ」

仁吉の言うとおり、倉のなかは三和土《たたき》になっていて、味噌や醤油の空き樽がいくつかころがっているだけで使われているようすはなかった。

それでも柱や天井にしみついた味噌や醤油の香ばしい匂いがたちこめていて、むせかえるようだった。

仁吉のあとについて土間の隅の階段梯子を昇って行くと、二階は頑丈な板張りの物置になっていて、北側の川に面した壁に格子窓があった。

その格子窓の前に矢部伝八郎と、五十年配の角顔の男が空き樽に腰をかけて握り飯を頬ばっていた。

どこから持ちこんだのか、お盆がわりの空き樽の上には土瓶と数個の茶碗、それに茶うけの煎餅までおいてある。

「おお、神谷。待っていたぞ」

伝八郎は指についた飯粒をしゃぶりながら、

「この、とっつぁんがな、例の錠前屋の嘉平よ」

角顔のがっちりした体格の男をあごでしゃくって紹介した。

「若旦那にかかっちゃかなわねぇな。錠前屋は昔のことでございますよ」

角顔が苦笑いしながら、白髪まじりの頭をさげた。

「あっしは根津の嘉平と申しやして、いまは矢部小弥太さまの下で、お上の御用をつとめさせていただいておりやす」

「厄介なことを頼んですまんな。おれが神谷平蔵だ。見知っておいてくれ」

平蔵は懐の紙入れから小判を三枚と、一分銀を二枚とりだし、

「すくないが、当座の費用だ。とっておいてくれ」

三両は嘉平に、一分銀二枚は仁吉に渡した。

ご公儀御用といえば格好はいいが、幕府から手当てが出るわけではない。

町奉行所の同心の下ではたらく岡っ引きなら、それなりに十手をちらつかせて

商人から袖の下をもらうという余禄もあるが、伝八郎の兄の小弥太は隠密廻り同心だから、嘉平たちにはそのような役得はない。

そのかわり、隠密廻り同心には大名から陰扶持という付け届けや、役中頼みという個人的な賄賂、または商人からの袖の下もあって、嘉平のような男への手当てはそこからひねりだす仕組みになっている。とはいっても嘉平は仁吉のような子分たちの口も養わなければならないし、探索には目に見えない金がかかる。

そのあたりを考えて平蔵は身銭を切ったのだ。

「神谷。気前のいいのは結構だが、このとっつぁんは、昔はともあれ、いまじゃ深川で女房に舟宿をやらせてる左団扇の楽隠居なんだ。懐具合はおれたちよりずんとあったかいんだから、あまり気をつかうことはないぞ」

伝八郎が横あいから口を挟んだが、

「そうはいかん」

と平蔵は一蹴した。

「公儀の御用ならともかく、これは言ってみりゃ、おれの私事だ。いくらなんでも、タダばたらきというわけにはいかんだろう」

「ま、おまえは磐根藩からたっぷり軍資金をもらっとるからな」

伝八郎は飯粒をしゃぶった指を袴になすりつけてニヤリとし、

「軍資金といや、なにか忘れてやしないか」

「なんだ」

「おれも昼すぎからずっと、この味噌倉で嘉平といっしょに張り込んでおるんだぞ。そのあたりの労苦をちくと勘案してもらいたいもんだがな、うん？」

「ははぁ、その謎かけか」

あいかわらず、ちゃっかりしてやがる、と平蔵は苦笑いした。

「わかった、わかった。おまえには後日それなりの礼はするさ」

「ははは、そうか、そうか。なに、竹馬の友のためとあれば、この矢部伝八郎、犬馬の労も厭うものではない。礼というような堅苦しい気づかいはいらんぞ。なに、駒形あたりの泥鰌屋で一杯飲ませてくれりゃ御の字よ」

なんともミミッチイ竹馬の友だった。

「おい、それより助川源六の巣窟ってのはどこなんだ」

「あれだよ、あれ……」

伝八郎が格子窓から見える川向こうの屋敷を指さしてみせた。

北十間川を挟んだ対岸は一面の桑畑で、菅笠をかぶり籠を背負った桑摘みの男女が七、八人働いているのが見える。伝八郎がいう屋敷とは、その桑畑に隣接した木立を背にした千坪あまりの武家屋敷のことらしい。

「ほう。なかなか大きな屋敷だが、大名の下屋敷にしては、ちとこぢんまりしている。大身の旗本の別邸というところか……」

「それよ、それ……」

伝八郎はニンマリした。

「おどろくなよ。あの屋敷はな、おまえとは因縁浅からぬ旗本の別邸らしいぞ」

「おれと……」

平蔵、首をかしげかけてハッとした。

「おい、まさか……」

「ふふ、そのまさかの加賀谷玄蕃の別邸だ」

二

また加賀谷玄蕃の名が飛びだしてきて、平蔵はおどろいたが、考えてみれば加賀谷玄蕃の娘の志帆は、五代将軍綱吉のお手がついたあと、柳沢吉保の養女として磐根藩主の異母弟重定に輿入れした、と兄の忠利から聞いたばかりである。重定が船形郡五千石の分家身分にあきたりず、磐根五万三千石に食指をのばそうとしているとすれば、その企みに舅《しゅうと》の加賀谷玄蕃が荷担しても不思議はない。

「ふうむ。つまり助川源六がかきあつめている浪人どもは、加賀谷玄蕃が雇い入れているということか」

「いいえ、それがすこしちがうらしいので……」

嘉平が意外なことを言いだした。

「てまえどもが耳にしましたところでは、あの屋敷の浪人どもを仕切っているのは加賀谷さまの奥様の弟で、堀江嘉門というお方だそうでございますよ」

「堀江嘉門！」

「へぇ、なんでも滅法、こっちの腕が立つお侍だそうで」

嘉平は剣を使う手つきをしてみせた。

「しかし、おれが知るかぎりでは、堀江は加賀谷玄蕃をあるじとは思っていない。それどころか、加賀谷が堀江に暇《いとま》を言いわたすのを耳にしたが」

「おっしゃるとおりで」

嘉平がおおきくうなずいた。

「加賀谷さまにとっちゃ堀江嘉門というお方は目の上のタンコブみたいなもので、縁を切りたいのは山々だそうですがね。だからしょっちゅう暇をとらすみてぇなことを言うらしいんでさ。ところがじつは、切りたくても切れねぇ事情がありやしてね」

「なんだ、その事情とは」

「金だよ、平蔵」

伝八郎が煎餅をかじりながら身をのりだした。

「金……」

「うむ。おれも、さっき嘉平から聞いたばかりだが、加賀谷玄蕃は娘のおかげで大身の旗本に成り上がってから金使いが荒くなってな。千両を超す借金で首がまわらなくなっていたらしいんだな」

伝八郎はニヤリとした。

「ところが、やっこさんがピイピイの御家人のころにもらった女房の実家の堀江家というのは安房の回船問屋で、名字帯刀を許された名家で、金も唸るほどもっている。そこで、やつは女房の実家に泣きついて借金を肩がわりしてもらったのよ」

「ははぁ、それじゃ頭はあがらんわけだ」

「おまけに義弟の堀江嘉門は餓鬼のころから算用より剣術が好きで、三島の戸田法眼という一刀流の剣客について、みっちり修行したということだ」

戸田法眼から奥儀を許されるまでになった堀江嘉門は、武士で身を立てようとして加賀谷玄蕃に嫁いだ姉を頼り、加賀谷家の家臣になったのだという。

「つまり加賀谷玄蕃は金では女房に頭があがらず、剣では義弟にかないっこないから、表向きはえらそうにふるまっちゃいるが、女房と義弟にしっかりとキンタマをふたつともにぎられとるというわけよ」

伝八郎の話は下世話に走りすぎるが、なかなかツボをつかんでいた。

「いまや、加賀谷家は堀江嘉門の思うがままらしいが、どうあがいても身分は旗本の家来にすぎん。ま、加賀谷玄蕃を脅して養子になるという手もなくはないが、そこはそれ姉が産んだ嫡子を廃嫡にするというのもむつかしい。そこで姪っ子が輿入れした船形の重定をそそのかし、磐根藩五万三千石乗っ取りの大博打を打とうとしているというのが真相ではないかな」

「ううむ……」

憶測とはいえ、伝八郎の推理は的を射ているような気がする。

「どうするね、神谷。ここから先はわれわれの手にはおえんぞ。なにせ、磐根藩五万三千石のお家騒動に二千五百石の旗本がからんでるんだ。おまけに五代将軍お手つきの女まで出てきちゃ、町医者のおまえと、御家人の脛かじり風情がどうあがいても太刀打ちできそうもないぜ」

「待て、待て。そう見捨てたものでもないぞ」

平蔵は兄の忠利が巡見使に任命され、磐根藩の探索に乗りだすらしいことを臭わせた上で、

「ただ、おれとちがって兄者は堅物だから憶測ぐらいじゃ動かん。陰謀の確たる証拠がいる」

「証拠、か。そりゃ、ちと面倒だな」

「ここは、やはり嘉平さんに手伝ってもらわんと、らちがあきそうもない」

「へい。ようがすとも。お聞きすりゃ、これも公儀御用に入りまさぁ。よろこんでお手伝いさせていただきやす」

快諾した嘉平が、ふと格子窓の外に鋭い目をしゃくった。

「さっきから、どうも気になってるんですが……」

「うむ?」

「あの桑畑ではたらいてる百姓ですがね。ありゃ桑の葉摘みにきてるたぁ思えねえんですよ」

「どういうことだ」

「へぇ。桑の葉ってのは蚕に食わせる餌ですからね。できるだけみずみずしいのを摘むにゃ朝のうちときまってるんですが、やつらはおてんとさんが盛りの今時分にゆうゆうと摘みにきてる上に、摘んだ葉をすぐに持って帰ろうとしねぇんで」

嘉平は首をひねって険しい目になった。

「それに仕事のてぎわもおそろしくのろい。まるで、桑の葉なんぞどうでもいいってようすに見えますのさ」

「ふうむ、さすがに目のつけどころがちがうな」

平蔵は感心したが、伝八郎は一蹴した。

「よせよせ、とっつぁん。おれたちが目をつけてるのは加賀谷玄蕃の別邸なんだ。桑の葉摘みの百姓が仕事をなまけていようがいまいが、ほうっておけ」

「へぇ、ま、つい稼業柄、ちょいと気になっただけで……」

嘉平が苦笑したとき、階段梯子の下から井手甚内の声がした。

「矢部どの、ここですかな」

「やぁ、井手どの、よく来てくれた」

伝八郎が破顔して樽から腰をあげ、平蔵を階下にうながした。

「実はの、昨夜、井手どのと一杯やったんだが、そのとき、ふたりで剣道場をやろうかという話になってな」

「剣道場を……」

「うむ。おれもいつまでも兄の厄介になってはいられん。かといって婿入り口もなかなかむつかしい」

飲みながら井手甚内にこぼしたところ、甚内のほうから、ふたりで剣道場をひらいてはどうだろうともちかけられたのだという。

「ほう、そりゃ悪くない話だが、井手どのには寺子屋が……」

「いや、それが、このところ通ってくる子供の数が減るいっぽうでしてな。このままでは先の見通しも心細い」

井手甚内はまぶしそうに目を笑わせた。

「それがしなど、えらそうに道場主といえるほどの腕でもござらんが、ま、商人になるほどの才覚もなし、剣よりほかに売り物にできるものはござらんのでな」

「なんの、井手どののほどの腕なら立派なものだ。ご謙遜にはおよばん。伝八郎ひとりというなら、ちくと友人として心配せんでもないが、井手どのといっしょなら大賛成ですぞ」

「おい、それはなかろう。おれひとりなら、とはどういうことだ。こう見えても鐘捲流の免許取りだぞ」

いささかむくれ気味の伝八郎に、

「ふふふ、ま、そう怒るな。きさまの腕がどうこうというわけじゃない。ただ、きさまは人間がすこし軽めにできているからな。道場主というには……」

「ちっ、ちっ、ちっ！　きさまの言いたいことはわかっているさ。ちくと貫禄がたりんということだろう」

伝八郎、あっさりと認めた。

「だから井手どのと組もうというわけよ。道場主は井手どのにまかせて、おれは師範代としてビシビシ腕をふるおうというわけだ」

「それならうまくいくだろう。だが道場をひらくとなると金がかかるぞ。そのあたりのことはどうなんだ」

「いや、神谷どの。そのことならご心配なく、それがしも少々の蓄えがござるし、足りない分は矢部どのが都合をつけるとおっしゃっておられるゆえ」

「伝八郎が、金を……」

平蔵、まじまじと伝八郎を見た。

「いいのか、そんな法螺《ほら》をふいて」

「法螺とはなんだ。こう見えても、いざとなりゃ兄者からへそくりを巻きあげてやるさ。なにせ、兄者はあちこちから付け届けをもらっておるからな。嫂にもないしょの隠し金をもっている。そこをつつけば嫌とはいうまいて」

なにやら怪しげな胸算用だが、そこまでつつけば伝八郎の立場がない。

黙っていたら伝八郎はいそいで金の話を切り上げた。

「な、神谷。この味噌倉は道場に向いているとは思わんか?」

「ははぁ、それで早速、井手どのに声をかけたわけか」

さすがは伝八郎、口も達者、目も素早い。

「そうさな、言われてみると、この倉は造りも頑丈だから悪くはないが、弟子をあつめるには、ちと辺鄙《へんぴ》すぎないか。どうです、井手どの」

「たしかに」

甚内も気になっていたらしい。

「造りはいいが、道場にするには相当手をいれなければならんでしょう。実を言うと今日十軒店に道場向きの貸家が出ていたんですが……」

「ほう、十軒店なら常盤橋御門にも近いし、越前守さまなど大名家の屋敷からも手ごろな場所だ。剣道場をひらくにはもってこいだが、家賃はいくらです」

「月、三両。つぶれ酒屋の倉ですが、造りはしっかりしています」

「ははぁ、味噌か、酒かというところですか」

「井手どの、月三両は高すぎる」

いそいで伝八郎が割ってはいった。

「ここなら月一両二分、半値ですむ。道場に改築するとなると大工の手間もかかるし、稽古に使う道具類もそろえにゃならん。弟子の頭数がそろうまでの出費も用意しておく必要がある。すこしでも出銭はすくないほうが楽ですぞ」

伝八郎が家賃にこだわっていたとき、暮れ六つの鐘が聞こえてきた。

「伝八郎。その話は酒でも酌みかわしながら、じっくり相談したほうがいいんじゃないか」

誘い水を向けると伝八郎の顔がたちまち笑みくずれた。

「おお、そりゃいい！　なにごとも酒がはいらんと勢いがつかん。……嘉平にあとのことを頼んでくるゆえ、待っていてくれ」

威勢よく階段梯子を駆けあがっていった。

「まったく現金なやつだ」

平蔵が苦笑していると井手甚内が、縫の一件はどうなったかと聞いてきた。

小田原行きにきまったいきさつを話すと、甚内は深ぶかとうなずいた。

「おなごの気持ちとはそうしたものですよ。縫どのを身近においておきたいという神谷どのの気持ちもわかるが、いざとなれば未練を断ち切るのは女のほうが、男よりずんと早い」

「たしかに……」

言われてみれば平蔵のほうが未練がましかったような気もする。

「こりゃ、まだまだ修行がたりんようですな」

苦笑いしかけたとき、ふいに二階から伝八郎の声が降ってきた。

「おい！　堀江嘉門があらわれたぞ。例の助川源六もいっしょだ」

「なに⁉」

平蔵は思わず井手甚内と顔を見合わせると、まっしぐらに階段梯子に向かって走りだした。

三

北十間川に沿って水戸家下屋敷の前から東に向かう土手道がある。

味噌倉から対岸の土手道までの距離は川を挟んで、ざっと二十間（三十六メートル）あまり、その暮れなずむ土手道を十数人の侍がやってくるのが見えた。馬に乗っているものもいる。

見た目は旗本の家人らしく黒紋付きに袴をつけていたが、徒《かち》のものは乱雑でまとまりがなく、落ち着きがない。いずれも金でかきあつめられた浪人たちであることは一目でわかる。

西の空はまだ残光で茜色《あかねいろ》に燃えていたが、川向こうの土手はすでに薄闇につつまれはじめている。先頭に立っている浪人が手にしている提灯を見て、井手甚内がささやいた。

「提灯の家紋は太陰酢漿草《ふとかげかたばみ》、先だって神谷どのを誘いだす口実に往診などと偽った中間《ちゆうげん》がもっていた提灯の家紋とおなじものですよ」

そのとき、先頭集団のなかにいた騎射笠をかぶった馬上の侍の顔が提灯の火影に浮かびあがった。

「堀江嘉門ですな」

甚内がぼそっとつぶやいた。

「うむ。まちがいない」

ぶっさき羽織の背筋をぴんとのばし、ゆったりと馬をすすめる姿にはどことなく威風さえ感じられる。いまどきの軟弱な旗本よりはるかに武士らしい貫禄がそなわっている。

――こいつなら加賀谷玄蕃をコケにしても不思議はない。

「おい、あの長持ちはなんだ？」

伝八郎が不審そうにつぶやいた。

黒漆に金の家紋がはいった立派な長持ちを、ふたりの中間が前後から竿に肩を入れてかついでいる。

「なにを運んできたんだ？　衣装入れにしちゃ、えらく重そうだな」

「もしかしたら軍資金の千両箱でもはいってるんじゃないのか」

伝八郎がニヤリとして顎をしゃくった。

「ひとつ、あれをふんだくって道場開きの資金にでもするか」

「ばか。おまえの手にふれたら千両箱も石ころに化けてしまうさ」

「おい、そりゃどういう……」

伝八郎がむくれかけたときである。

ふいに川向こうに怒号と叫喚が渦巻いた。

忽然と薄闇のなかから湧きだした十数人の集団が、手に白刃をきらめかせ、疾風のように浪人の群れに襲いかかったのである。

「おっ!?」

「なんだ。あいつらは!?」

思いもかけない成り行きに平蔵たちも目を瞠《みは》った。

「旦那。ありゃ、さっきまで桑の葉を摘んでいた百姓ですぜ」

格子窓に顔をおしつけて嘉平がうめいた。

「なにぃ」

嘉平のいうとおり襲撃者の群れは、いずれも野良着に股引きという百姓姿だったが、動きはおどろくほど敏速で、果敢なものだった。

突風のように土手に駆けあがった襲撃者の群れは、あわてふためく浪人には目もくれず、まっしぐらに長持ちに向かって殺到していった。

「あわわっ！」

「ひいっ！」

ふたりの中間が長持ちを投げだし、土手を転げ落ちた。

百姓姿の襲撃者が四、五人、路上に投げだされた長持ちに飛びついたとき、駆けつけた堀江嘉門の刃がキラッキラッと閃いた。たちまち長持ちに取りついていた襲撃者がふたり、のけぞって倒れるのが見えた。

それでも襲撃者の群れはひるむことなく堀江嘉門に飛びかかっていった。

堀江嘉門は長持ちを背にして仮借ない剛剣をふるいつづけた。

ひとり、またひとりと襲撃者が斬り伏せられていった。

「おい！　どうする。このまま見過ごすか」

伝八郎がわめいた。

「このままじゃ、やつら……」

伝八郎はいきり立っていたが、平蔵は襲撃者の動きの敏捷さに瞠目した。

「なに!?」

「おい、やつらは忍びの者くさい」

「たしかに」

井手甚内がうなずいた。

「やつらが手にしているのはまぎれもなく忍び刀ですよ」

「じゃ、公儀隠密か!?」

「いや、それはわからんが」

甚内のいうとおり、襲撃者の群れは厳しく訓練された機敏さと、強い意志で統率された組織力を秘めていた。

主力の数人は脇目もふらず堀江嘉門をおしつつむように前後から斬りかかり、ほかの者たちは二手に別れ、浪人たちに立ち向かっていた。

襲撃者は薄暮のなかでも目がきくらしく、きびきびと動きまわり、浪人を分断してはひとり、またひとりと倒していった。

しかし堀江嘉門だけは、群がる襲撃者たちを寄せつけず凄まじい剛剣をふるいつづけている。

ようやく襲撃者たちに焦りが見えはじめた。

襲撃者のなかからひとりの男が飛びだし、堀江嘉門に真っ向から立ち向かうのが見えた。堀江の剛剣を必死ではねかえしざま、一気に間合いを詰めると堀江嘉門の胸に捨て身の突きを入れた。剣先は堀江嘉門の胸前をかすめ、男はたたらを踏んだ。

流れた男の肩口に堀江嘉門の剛剣がたたきつけられた。

男はそのまま土手を転げ落ち、北十間川に頭から突っ込んでいった。水しぶきがあがり、男の躰が水中に没した。

「仁吉！　あの男、なんとか拾えんか」

平蔵の声に仁吉は素早く反応した。

「まかしておくんなさい！」

仁吉はまっしぐらに階段梯子を駆けおりていった。

ふいに襲撃者の群れが一団となって撤退しはじめた。

何人かの浪人が、そのあとを追いかけようとしたが、堀江嘉門の鋭い制止に踏みとどまった。

堀江嘉門はふたりの浪人に長持ちをかつがせ、屋敷にひきあげさせると、残った浪人を指揮して土手のあちこちに倒れている死体の始末にかかった。軽傷者を屋敷にかつぎこませるよう指示した堀江嘉門は、重傷者は敵味方の区別なくみずから止めを刺し、容赦なく川に投げこませた。

もう空には宵の星がまたたきはじめている。

襲撃から撤退まで、ものの四半刻（約三十分）とはたっていないだろう。なんとも素早い攻防だった。

「旦那……」

嘉平が平蔵の袖をひいて、川下のほうに目をしゃくった。

川面は宵空を映して淡い鈍色《にびいろ》にひかっている。はるか川下の、北十間川が小梅村の堰《せき》にぶつかる手前で西瓜のような頭がふたつ、水面にぽっかりと浮かびあがるのが見えた。

「仁吉、か」

「へい。あいつは河童みてぇなやつですからね。どうやら、うまい具合に拾ったようですぜ」

「よし！　行ってみよう。やつらの正体がわかるかも知れん」

四

仁吉は川面を波だてることなく、水の流れに乗りながら、ゆっくりと小梅村の川堰の近くに泳ぎついた。

味噌倉の裏道を走ってきた嘉平がさしのべた手につかまった仁吉は、傷をうけた百姓姿の男を左腕にかかえながら岸にあがってきた。

「そいつ、まだ息はあるのか」

駆けつけた平蔵が問いかけると、仁吉は沈痛にうなずいた。

「まだ息はありやすが、なんともいえません」

ざんばら髪の男をかかえ起こして水を吐かせた平蔵が、男の顔をのぞきこんでおどろきの声をあげた。

「慶四郎ではないか……」

月代《さかやき》も剃らず、不精髭にうずもれた顔はおそろしく面変《おもが》わりして見えたが、柴山外記の若党だった水沼慶四郎にまちがいなかった。

「ご存じなんで……」

「うむ。磐根藩の者で、おれが可愛がっていた若者だ」

「そりゃ……」

平蔵は仁吉の手を借り、慶四郎を急いで味噌倉の土間に運びこんだ。

嘉平が柱にかけてくれた懸け行灯の下で傷口をあらためた。

堀江嘉門の刀刃は、慶四郎の左の肩口を深ぶかと断ち割っていた。

とても長くは保《も》ちそうもなかった。

溢れだす血を止め、腰の印籠から気付け薬をだした平蔵は水を口にふくみ、口移しで慶四郎に飲ませた。

目をとじたまま肩で荒い息をしていた慶四郎は、しばらくしてかすかに瞼をひらいた。瞳孔が行灯の光に反応した。

「慶四郎！　おれだ。わかるか、神谷平蔵だ」

「…………」

鈍い目で平蔵の顔を探っていた慶四郎の唇が動いた。

「……神谷……さま」

「おお、気がついたか」

「か、神谷さま……」

慶四郎がすがるように手をさしのべた。

「き、希和さまが……希和さまを」

「なにぃ!?　希和どのがどうしたというのだ」

「あ、あの長持ちのなかに……希和さまが」

「なんだと！　それじゃ、さっきの襲撃は希和どのを奪いかえすためだったのか」

慶四郎がせわしなく肩で息をしながらうなずいた。

「おまえといっしょに戦った連中は磐根の陰草か」

「は、はい。無念です……いま、すこしのところで……」

「なぜだ！　なぜ、こんなことになったんだ。希和どのは陰草の里にひそんで和子をお守りしていたのではなかったのか」

「か、神谷さま……」

水沼慶四郎の手がひしと平蔵の胸をつかんだ。

「どうか、神谷さまの手で……希和さまと」

慶四郎は最期のちからをふりしぼるかのように鋭く叫んだ。

「あ、あの男の手から……連判状を！」

「なにぃ、連判状だと⁉　船形の重定どのと徒党を組んでいる一味の連判状か」

「は、はい……」

うなずいた慶四郎がカッと目を見開いた。

「か、神谷……さま」

平蔵の襟に渾身のちからをこめてすがりついた慶四郎の全身に痙攣が走ったかと思うと、ふいにがくんと首がかたむいた。

「慶四郎!?　おい、しっかりしろ!　慶四郎!」

あせって呼びかける平蔵の肩を、井手甚内がうしろから静かにたたいた。

「神谷どの……もはや、いけませぬ」

「…………」

平蔵はしばらく水沼慶四郎の死に顔を見守っていたが、

「慶四郎。きさまの無念、おれがかならず晴らしてやるぞ」

そうつぶやくと慶四郎の躰をゆっくりと仰臥《ぎょうが》させ、合掌した。

「どうする。平蔵……」

伝八郎が低い声でうめいた。

「希和どのというおなごは、きさまが磐根藩にいたころ、世話になったという柴山外記どのの娘御だろう。黙って見過ごすわけにはいかんだろう」

「もちろんだ……」

腰をあげた平蔵は深ぶかとうなずいた。

「どういうことかわからんが、希和どのが堀江嘉門の手に捕らえられている。それに陰謀をくわだてているものたちの連判状までやつの手にあるらしい。連判状はまさに陰謀の証しとなろうが、それより希和どのを見捨てるわけにいかん」

「そうだろうとも、義を見てせざるは勇なきなりだ」

伝八郎はおのれのことのように気負いたっていたが、井手甚内は年長者らしい懸念を口にした。

「差し出がましいことを申すようだが、希和どのと申される娘御をどうしても助けだしたいのであれば、ここはよくよく思案なされたほうがいい。なんといっても向こうは旗本の屋敷、それに雇われものとはいえ腕の立つ浪人がすくなくとも十人はいると見なければならん。ましてや頭領の堀江嘉門という男は並の剣客ではござらん。ただ闇雲に斬りこんでは希和どののお命を危うくするだけですぞ」

「おっしゃるとおりだ。……できれば騒がれることなく屋敷にもぐりこんで希和どのが捕らえられている場所をつきとめて救いだしたいが……」

平蔵は沈痛な表情になった。

「なにか、よい知恵はござらんか」

「ふうむ。盗人か、忍びの者ならともかく、屋敷の者に気づかれることなくもぐりこむというのは……」

井手甚内が首をかしげたとき、伝八郎がポンと手を打って嘉平に顔を向けた。

「とっつぁんならなんとかなるだろう。むかし取った杵柄ということもある。屋敷に忍びこむ手口などは知りつくしておろうが」

「若旦那……」

嘉平は苦虫を噛みつぶしたような顔になったが、

「ま、手はないこともございませんがね……うまくいくか、どうか」

「おう、なんでもいい。言ってみてくれ」

平蔵にうながされ、嘉平は一旦言いよどんだ口をひらいた。

「実は、あそこの中間部屋では毎晩のように五つ（午後八時）ごろから賭場がひらかれておりまして、四つ（午後十時）過ぎには盆が熱くなります。そのころなら、なんとか……」

「わかった。賭場の客になりすましてもぐりこもうというわけだな」

「へえ。あの賭場の常連のちんぴらを仁吉がよく知っております。四つまでには、まだ間がございますから仁吉に手配させやしょう」

「よし、頼んだぞ」

「こいつはおもしろいことになってきたな。ひさしぶりに矢部伝八郎の白刃の舞いを披露するとするか」

「待て待て、伝八郎。これは、きさまにはかかわりのないことだ。こんな危ないことにまでつきあわせるわけにはいかん」

「水臭いことをいうな！」

伝八郎がわめいた。

「友あり、まさに死地におもむかんとす。これを見過ごすは男児にあらず、だ」

「神谷どの……わたしとて矢部どのとおなじですぞ」

井手甚内が目に笑みをにじませた。

「俗に袖すりあうもなんとやらと申すではござらんか。せっかく懇意になった友人をうしないたくはありませんからな」

「井手どの！　それはいかん。伝八郎はともかく、あなたには佐登どのや子供もおられる。こんなことにまきこむわけにはいかん！」

「見損なってもらっては困る。はばかりながら佐登は友の危機を亀の子のように首をすくめて見過ごすような男をなによりも軽蔑する女ですぞ」

「………！」

「それに、矢部どのとは共に道場をひらこうと約束した仲でもある。剣友として安閑と指をくわえて見過ごすわけにはまいらぬ」

顔はにこやかだったが、井手甚内は一歩もひかぬ気構えを見せた。

「ようし！ 井手どのまでが加わるとあれば百人力、いや千人力だ。この三人で殴りこめば四半刻であらまし片がつこうというものだ」

まるで、やくざの殴りこみのようなことを言って伝八郎は意気込んだ。

平蔵、思わず胸が熱くなった。

五

水戸家下屋敷の東寄りに北十間川にかけられた橋がある。

その橋の上から川面を眺めるふりをしながら、平蔵は彼方に見える加賀谷玄蕃の下屋敷に目をこらしていた。

あのなかに希和が捕らえられている。その思いが平蔵の胸をしめつける。

——まさか、まだ殺してはいまい。

殺すくらいなら、わざわざ長持ちに入れて運ぶような手間はかけないだろう。

手捕りにしたということは希和を生かしておいて、口を割らせようという算段にちがいない。おそらくは希和を責めてお美津の方と和子の居場所を吐かせようというつもりだろうが、どんなに責められようが口を割るような希和ではない。

凄惨な責めにさらされている希和の姿を想像した平蔵は鋭く身ぶるいし、血が逆流した。

石町の捨て鐘が三つ鳴るのが聞こえてきた。時の鐘は、捨て鐘を三つたたいてから本鐘を打つ。

すこし離れたところに佇んでいた伝八郎と甚内がゆっくりと歩みよってきた。

「仁吉が囮役《おとりやく》のおあにぃさんを連れてきたぞ」

伝八郎が目をしゃくった露地の奥から、ぶら提灯を手にした仁吉がひとりの男を連れて近づいてきた。男の名は彦太、加賀谷玄蕃の屋敷の賭場に出入りしているという下駄職人だ。

「だいぶビクついているようですな」

井手甚内が苦笑いしたとき、本鐘が四つを打った。

「すんません。こいつが、踏ん切り悪くビビりやがるもんで手間どりやした」

仁吉がぶら提灯を男のほうにふりながら、

「おい、彦太。わかってるだろうな。おめぇはなんにも知らずに博打好きの旦那方を案内してきただけだ。べつに怖がるこたぁねぇんだよ」

「へ、へい……」

彦太はひきつった顔でぺこりと頭をさげた。

怖がるなといわれても、長いものを腰にさした侍が三人も雁首《がんくび》を揃えているのを見ては腰がひけるのも無理はない。

「仁吉のいうとおりよ。おまえに迷惑がかかるようなことにはならん。おれが保証してやる。はっはっは」

三人のなかで一番物騒に見える伝八郎がドンと彦太の背中をどやしつけたから、たまったものではない。

「へ、へいっ！」

彦太はいまにも泣きだしそうな顔になった。

こんな臆病者で役に立つのかなと平蔵はいささか心配になったが、成り行きにまかせるしかあるまい。

「さてと、そろそろ行きますか」

井手甚内がのんびりした声でうながした。どうやら三人のなかで井手甚内がもっとも度胸がすわっているらしい。

「ごくろうだったな。おまえはもう帰っていいぞ」

仁吉に声をかけると、

「いえ、旦那方が屋敷にお入りになるまで見届けろと親方にいわれてますんで」

仁吉はニヤッとしてみせた。

「それに、この野郎がちゃんと役目をはたしやがるかどうか、見届けなくっちゃなりませんから」

そういうと仁吉は、

「さ、彦太。来いよ」

と、彦太にあごをしゃくってみせた。

平蔵たちは嘉平が崩れ浪人に見えるようにと用意してくれた単衣物の着流しに雪駄履きという姿だった。

芝居ッ気の好きな伝八郎は髷《まげ》まで浪人風にくずしていたが、見たところ三人のなかで一番似合っていないのが、なんとなくおかしかった。

北十間川の土手道の行く手にめざす屋敷が近づいてくるにつれ、平蔵の胸中に緊張がましてきた。ただ相手を倒せばすむというだけのことなら気は楽だが、無傷で希和を救いださなければならない。

――できれば希和を発見するまで騒がれたくないものだ。

屋敷の前で仁吉の提灯の灯が歩みをとめた。

「さてと、いよいよですな……」

井手甚内が目で笑いかけた。

「よし、おれが先陣を切る。平蔵はとにかく希和どのを救いだすことだ。有象無象はおれたちにまかせておけ」

「わかった」

平蔵と甚内が頭上におおきく張りだした庇《ひさし》の下の暗がりに身をひそめるのを見きわめてから、伝八郎は彦太をうながした。

「さ、いけ！」

「へ、へい」

どうやら彦太も土壇場にきて腹をくくったらしい。

仁吉から提灯を借りると脇の通用門の扉を拳でトントン、トンとたたいた。

「すんません。下駄屋の彦でござんす」

猿落としがはずれる音がして、通用門がかすかにきしみながら半開きになった。

渡り中間らしい男がぬっと顔をだし、彦太のうしろに立っている伝八郎に鋭い目をくれた。

「なんでぇ、そのさんぴんは？」

「へい、この旦那は、こんな形《なり》につくっておいでですが、じつはさるご大身の旗本の跡取りでして。滅法コレに目がねぇおひとで……ゆんべも越前さまの下屋敷で勝ちまくってガッポリ儲けなさいやしてね。今夜はどうしても、このお屋敷に連れてゆけとおっしゃるもんで……」

「ふうん」

うさん臭そうに伝八郎の巨体を見あげ品定めをしている中間の前に、ぬっと歩みでた伝八郎が、もちまえの陽気な口調で、

「神山……伝九郎と申す。これから、ちょくちょく顔をだすから見知っておいてくれ」

ニヤリと片目をつぶると、平蔵があらかじめ渡しておいた袖の下の一分銀を中間の鼻先でちらつかせた。

「こいつはほんの顔つなぎだ。とっといてくれ」

「へ、へい。こりゃどうも……」

一分銀のききめはあらたかで、中間の顔が途端にくずれた。

「さ、どうぞ」

と半身をひらいて伝八郎を通すと、

「今日は宵の内にちっとばかりいざこざがありやして、あまりおおっぴらにゃできねぇんですが、なに、盆がにぎわうのはこれからでござんすよ」

ぺらぺらと追従笑いを見せた中間の顔が、伝八郎につづいて脇門をくぐって入ってきた平蔵と甚内を見て凍りついた。

「な、なんなんでぇ……こいつらは」

叫びかけた中間の鳩尾《みぞおち》に伝八郎の容赦ない拳がたたきこまれた。

声もなく崩れかけた中間を片手で抱きとめた伝八郎が、ぐにゃりとなっている中間を大門脇の植え込みの陰にずるずると引きずりこみかけたとき、門番小屋からのこのこ出てきた相棒の門番が、

「おっ」

と目を瞠った瞬間、平蔵の当て身をくらい、あっさりと沈黙した。

甚内が門番小屋をのぞきこんで、大丈夫だとうなずいてみせた。

ふたりの中間を植え込みの陰にひきずりこむと、用意してきた縄で手足を縛りあげ、つぎに彼等がしめていた褌をずるずるとぬきとり、猿ぐつわのかわりにしっかりとかませた。

平蔵は囮役の彦太が真っ青になって立ちすくんでいるのを見て、

「よくやってくれた。あとのことは心配せず、帰っていいぞ」

「へ、へいっ！」

彦太は糸の切れた凧のように通用門の外に飛びだしていった。

「さて、ボチボチ行くとするか……」

伝八郎は、まるで子供のころ、喧嘩をしかけに行くときに見せたような無邪気な笑顔を平蔵にふりむけた。

六

門番は片づけたものの、別邸とはいえ、武家屋敷である。

いつ、夜回りの者がやってくるかわからない。

捕らえられている希和を発見するまでは、できるだけ無用な騒ぎは起こしたくなかった。

平蔵たち三人は跫音《あしおと》にも気をくばりながら、綺麗に刈りこまれたサツキの植え込みに沿って奥にすすんでいったが、邸内はあっけないほど森閑としていた。

おおきな切妻屋根をのせた玄関口が見えてきたが、あいかわらず邸内から人が出てくるようすはない。いかめしい構えのわりには、存外に不用心だった。

三人は雪駄をふところにおしこみ、足袋跣足《たびはだし》になると式台をあがって廊下に踏みこんでいった。

申しあわせておいたとおり、伝八郎が先に立ち、あとに平蔵がつづき、しんがりに井手甚内がついた。

三人とも、すでに、抜き身を手にしていた。

人気はなかったが、廊下の角、角には懸け行灯が吊してある。

ほのかな灯りを踏んで奥に向かうと、どこかで酒盛りでもしているらしい、猥雑な濁声《だみごえ》が聞こえてきた。

ときおり女の嬌声がまじっているのは、金で雇われた酌取り女が浪人たちの相手でもしているらしい。

突きあたりの廊下に手燭の灯りらしい淡い光が近づいてくるのに気づいた。

伝八郎が曲がり角にツと身をよせたとき、手燭をかかげた召使いらしい女が角を曲がってあらわれた。

「……………！」

女が思わず立ちすくみ、悲鳴をあげようとした寸前、伝八郎の片腕が女の腰に巻きつき、手で女の口をふさいだ。

同時に甚内が女の手から灯りのついた手燭をサッと奪い取り、ニコッと平蔵にうなずいてみせた。

「う、うっ……」

恐怖に駆られた女は必死でもがき、足をばたつかせたが、伝八郎が剣先を女の白い咽首に突きつけると、急におとなしくなった。

「そうだ、それでいいぞ。聞き分けのいい子だ」

伝八郎にしてはめずらしい、猫撫で声で女の耳元にささやいた。

「ここに巣くっている物騒な連中は何人ぐらいいるんだ。うん？　ざっと十人ぐらいのもんか」

女は引きつったような顔で伝八郎を見あげ、かぶりを横にふった。

「ちがうのか。じゃ、十五、六人というところかな」

うなずく女を見て、三人は顔を見合わせた。

「思ったより頭数が多いの」

「なに、ひとりで五、六人ひきうけりゃいいわけだ」

伝八郎は気楽なことを言って、また女に問いただした。

「やつらが酒盛りをやっている部屋はどこかな」

女は廊下の奥のほうを指さした。

「宵の口に長持ちで運ばれてきたおなごがいるだろう」

かわって平蔵が尋ねると、女はうなずきながら何か言おうとしたが、伝八郎のおおきな掌で唇をふさがれていては口をきこうにも、きけない。

「おい、手をゆるめてやれ」

と平蔵がいうと、伝八郎は剣先を女の咽首にあてたまま、

「よいか、妙な真似をしたら遠慮なくぶすりといくぞ」

ひとつ脅しておいてから、女の口をふさいでいた手を離した。

女は肩で二、三度息をついてから、

「この先の……渡り廊下のところにある土蔵のなかです」

青ざめながらも、しっかりした声で答えた。

「鍵はかかっているのか」

「いいえ、鍵なんかかけなくても、逃げられませんから……」

「縛られているということか」

「え、ええ……」

女は怯えたようにうなずくと、低い声でささやいた。

「助けてあげてくださいまし。あのままでは、あの方、殺されてしまいます」

どうやら、この女は連中とは無縁の召使いらしい。

「堀江嘉門も、連中といっしょに酒盛りをしているのか」

「いいえ。……堀江さまは半刻ほど前に、淡路町のお屋敷のほうにいらっしゃいました」

「なにぃ！　ほんとうか」

「は、はい」

懸命にうなずいた女が嘘をついているとは思えなかった。

どうやら、こっちが忍びこむ手筈をととのえている間に堀江嘉門は出かけてしまったらしい。

「よいではないか、神谷。きさまの今日の目当てが希和どのを救いだすことだけになった」

伝八郎の言うとおりにちがいないが、なにやらおおきな獲物を逃がしてしまったような気がした。

「さてと、あんたにはしばらくおねんねしていてもらおう」

伝八郎がニヤリとして女に軽い当て身をくれた。

がくんと首が落ちてくずれそうになった女を、伝八郎は片手でひょいとすくいあげると、廊下に面した部屋の襖を爪先であけた。

ぐにゃりとなったままの女体を暗い部屋のなかに引きずりこんだ伝八郎は、手早く女の帯締めをほどいて手足を縛りあげた。

「さてと、まずは、希和どのを救いだすのが先ですな」

そう言うと甚内は手燭の灯りを消して先に立ち、さらに廊下を奥にすすんだ。

角を曲がった途端、行灯の灯が明るく映っている広間の障子が見えた。

濁声と女の嬌声でにぎわっている座敷の前を、跫音を忍ばせて通りぬけようとしたとき、いきなり障子をあけて酒に酔った浪人がふらりと出てきた。

「おっ！　き、きさま……」

ぎょっと立ちすくんだ浪人の胸に、甚内の鋭い剣先がずぶりと刺しこまれた。

「ぎゃっ！」

血しぶきをあげた浪人が廊下に突っ伏すより早く、

「おうりゃ！」

伝八郎がなんとも古風な雄叫《おたけ》びを発し、障子を蹴破って飛びこみざま、目の前で突っ立ちかけた浪人を袈裟がけに斬り伏せた。

「な、なんだ！　こいつら……」

女を膝に抱きあげ、口うつしで酒を飲ませていた角顔の大柄な浪人が、膝から女を突き飛ばし、かたわらにおいてあった刀に手をのばしたところを、伝八郎が片手斬りで腕を斬り落とした。

「あ、わわわっ！」

泡を食って腰を浮かしかけた髯面の浪人を、甚内が踏みこみながらの一閃ですぱっと首を跳ね斬り、平蔵をふりむいた。

「神谷どの！　さ、急がれよ」

「すまん！」

平蔵はまっしぐらに奥に向かって走りだした。

背後で凄まじい怒号と叫喚がはじけ、刃と刃がぶつかりあう金属音が響いた。

渡り廊下の手前まで駆けぬけたとき、目の前の厠《かわや》から用足しをすませた浪人が、千鳥足でふらりとあらわれた。

「……お、おい。なんなんだ⁉」

仰天した浪人の胴を、平蔵の剣がすりあげながら横ざまに薙《な》ぎはらった。

「ぎゃっ！」

胴をふたつに断ち斬られた浪人がダルマ落としのように下半身を残したまま、上半身だけが渡り廊下の手摺を越え、中庭の泉水に飛びこんでいった。

ふりかえりもせず、平蔵は渡り廊下のなかほどにある土蔵の扉に駆けよった。

さっきの女がいったように格子造りの土蔵の扉に鍵はかけられていなかった。

七

平蔵は用心しながら扉を静かにあけ、土蔵のなかに足を踏みいれた。

土蔵のなかは暗い。動くものの気配はない。

黴臭い匂いがプンと鼻孔をつく。

廊下からさしこむ薄明かりを頼りに奥にすすんでいった。どうやら衣装蔵らしく、左右に長持ちがいくつも積んである。

「おい。……だれもおらんのか」

そっと声をかけてみた。

ふいに隅のほうで、なにか白い影が動いた。

「……希和どの、か」

白い影が、かすかな呻き声を発した。

ようやく目が、闇になれてきた。白い影の輪郭がおぼろげに見えてきた。

影が女体だとわかった瞬間、平蔵は息を呑んだ。

「希和どの!?」

呼びかけた途端、白い女体がくの字に激しくよじれた。

「む、む、むっ……」

悲鳴とも、慟哭ともつかぬ声を発し、希和は身悶えした。

なんと希和は身に一糸もまとわぬ、あられもない姿だったのである。

太い縄が希和の白い裸身に食いこみ、蛇のように巻きつき、腰紐で口に猿ぐつわがかまされていた。

「希和どの。神谷です。平蔵ですよ」

声をかけながら近づくと、希和は海老のように躰を折り曲げ、顔を床にこすりつけると必死で平蔵の視線から逃れるように身をよじった。惨めな姿を平蔵の目にさらすまいとしているのだ。

「心配はいらぬ。……この闇のなかでは何も見えませぬゆえ」

そう労《いたわ》っておいて、

「よいな、いま縄目を切るゆえ、動いてはなりませんぞ」

ぐいと希和の躰を抱き起こすと、まず、猿ぐつわの紐をはずした。

「……平蔵さま！」

希和の唇が鋭くふるえ、顔をそむけた。

平蔵は希和の肩を抱きながら、うしろ手に緊縛された縄に剣先をあてがった。

縄目が豊かな乳房を無残におしつぶすように食いこんでいる。

肌を傷つけぬよう気をつけながら縄を切り放った。

両手が自由になった途端、希和はひたと両の掌で顔を覆い、床の上に突っ伏してしまった。

下半身にかけられた縄目は、さらに厳重だった。闇のなかでも眩しいほどに白い腿から足首にかけて太い荒縄が幾重にも痛々しく海老じめに巻きつけられている。

仮借ない拷問にかけられたらしい鞭の痕が、みみず腫れになって全身に血の筋を走らせていた。

怒りにふるえながら平蔵は縄を斬りはらった。

縄目から解き放たれた瞬間、希和は飛びつくように、もろ腕をのばして平蔵にすがりついてきた。

「ようも、我慢なされた……ようも……」

平蔵がひしと抱きすくめると、希和は堰を切ったように激しく嗚咽した。

「ともかく、なにか身につけられよ」

平蔵は手近にあった長持ちの蓋をあけると、手にふれた衣類をつかみだし、希和に手渡した。

「これは……」

一瞬、希和が戸惑ったのも無理はない。平蔵が手渡したのは白い練り絹の長襦袢だった。

「なんでもよいから羽織りなされ。着る物をえらんでいる暇はござらん」

「はい」

素直にうなずいた希和は長襦袢の袖に手を通し、猿ぐつわに使われていた腰紐を巻きつけた。

そのとき、土蔵の入り口から伝八郎の声がした。

「神谷！　火事だぞっ！」

「わかった！」

平蔵は急いで長襦袢姿の希和を横抱きにすると、戸口に走った。

渡り廊下に飛びだすと、血刀をさげた伝八郎の背中が見えた。

中庭をへだてた向こうの座敷は火の海だった。濛々《もうもう》たる黒煙のなかにめらめらと炎の舌が見える。

「伝八郎！　火元はどこだ」

「やつらが宴会しておった座敷だ。倒れた行灯の火が障子に燃えうつったのよ」

煙の幕を破って甚内がゆうゆうとした足取りで近づいてきた。手に血刀をさげたままだった。

「井手どの！　なにをしていたんだ。心配したぞ」

「いや、すまぬ。おなごどもを玄関のほうに逃がしておってな。つい手間を食った」

「さっき廊下で縛りあげたおなごはどうした」

「無事に逃がした」

遠くで火の見櫓の鐘がカンカンカンとけたたましく鳴り響いている。

「さてと、われわれはどうするかな。……じきに火消しどもが駆けつけてくる」

甚内が刀の血をぬぐいながら笑いかけた。

「この格好では、下手をすると火付け強盗と勘違いされかねん」

三人ともに、どっぷりと返り血を浴びている。このまま玄関から大手をふってひきあげるわけにはいきそうもない。

「裏門はどうかな」

「無理だな。この火の手じゃ、裏門にも火消しが殺到してくるさ」

「女の着物をかぶって逃げるという手もあるぞ」

伝八郎が乾いた声で笑いかけたとき、黒煙の下から異様な風体の女が駆けだしてきた。黒っぽい着物に白い帯、頭に手ぬぐいという、おきまりの夜鷹の身なりをしているが、まぎれもなく真砂のおもんだった。

「神谷さま。退《の》き口はこっちです！」

おもんは駆けよると、ふところから油紙の包みをとりだし、平蔵の胸におしこんだ。

「さ、ぐずぐずしてちゃ盗人とまちがえられますよ！」

先に立って走りだし、中庭をよぎって土塀のほうに向かった。

「おい！　なんなんだ、あの女？」

伝八郎の詮索につきあっている暇などない。いまは、とにかく、おもんについて行くしかなかった。

激しく燃えさかる火の手に煽られながら、平蔵は三人をうながし、おもんのあとを追った。

第八章　連判状

一

おもんの手配はおどろくほど細心で、かつ大胆なものだった。

西側の土塀にはあらかじめ絹糸をよりあわせた、細いが、強靭な縄梯子がかけられていた。

土塀を乗り越えた向こう側は下水と防火をかねた五間幅の掘り割りになっていて、塀の真下に一隻の荷舟が舫《もや》われていた。

頬かぶりをした百姓姿の船頭は、塀を越えてきた平蔵たちを舟底に寝かせると、無造作に上から筵《むしろ》をかけて覆ってしまった。

「おい、どうなるんだね」

伝八郎に聞かれても、平蔵も答えようがない。

「ま、運を天にまかせるしかあるまい」

平蔵は希和を抱きすくめるようにして艪のきしむ音を聞いていた。

ただでさえ狭い荷舟の舟底に四人が寝かされているのだから、手足の置き場もない息苦しさである。筵をそっと持ちあげて外をのぞいたら、舟端越しに燃えさかる火事場の黒煙が見えた。

船頭の艪さばきはゆっくりしているようだが、けっこう舟足は早く、火事場の喧騒がみるみるうちに遠ざかっていく。

四半刻ほどが過ぎたころ、どこを、どう通ったか見当もつかないまま、ふいにドンと舟端がぶつかる鈍い音がして艪の音が止まった。

頭上の筵が取りはらわれ、船頭が、

「出てきな」

と無愛想に顎をしゃくった。

用心しながら身を起こすと、そこは川岸に張りだした舟着場になっていて、おどろいたことに嘉平と仁吉が待っていた。

「なんだ、ここは仙八の舟着場じゃないか……」

あっけにとられたように伝八郎が口をあけた。

なんと、そこは嘉平が女房にやらせている深川の舟宿・仙八専用の舟着場だったのである。

希和は足が弱っているのか、すこしふらつく。

平蔵は希和を横抱きにして舟着場の石段を登り、嘉平が用意してくれた部屋に運んだ。熱が出ているらしく、希和は小刻みにふるえていた。

「深川には瀬川道玄という医者がいるはずだ。おれの名を出せば夜でも厭わず往診してくれると思う。使いを走らせてもらえないか」

頼むと、すぐに仁吉が飛びだしていった。

瀬川道玄は亡き養父の親友で、本道（内科）にも外道（外科）にも精通している名医である。

「わたしより腕はずんとたしかだから、安心なされていい」

そういうと希和は気丈にほほえんでみせたが、熱のせいか目が弱々しかった。

あとの世話を女中に頼んでおいて、平蔵たちは嘉平がすすめるまま、順に風呂に入って返り血を洗い落とした。

さっぱりして風呂から出てくると着替えが用意されていた。

女中にみちびかれた座敷には、気配りよく酒肴の膳がととのえられている。

やがて嘉平が小粋な年増をともなって顔をだした。年増の名はお仙《せん》、嘉平の女房でこの舟宿の女将だった。

元は深川芸者というだけあって、お仙は立ち居振る舞いもきびきびしていて、気っ風のいい女だった。

希和をしばらくあずかってもらいたいと頼むと、お仙は万事心得ておりますからご心配なくと胸をたたいてひきうけてくれた。

挨拶をすませると、嘉平とお仙は気をきかせてすぐに座敷を出ていった。

「わからんなぁ……いったい、どうなっとるんだ。ええ」

伝八郎が唸った。

「どうやら、さっきの夜鷹は嘉平とかかわりがあるらしいが、だいたい何者なんだ。ええ、神谷？　ちょいと土手で拾って遊んだ女だなんてごまかしはきかんぞ。ありゃ、ただの夜鷹なんかじゃない。正体はなんなんだ」

伝八郎が好奇心むきだしの顔で問いつめてきた。夜鷹は茣蓙をしとねにして、夜空の下で女体をひさぐ最下級の娼婦である。伝八郎が不審をいだくのは当然のことだ。

とっさに答えようがなく、平蔵が黙っていると、かたわらで静かに盃を口にしていた甚内がさらりと言ってのけた。

「ありゃ、おそらくは公儀隠密ですな」

「なに……公儀隠密⁉」

伝八郎が目をひんむいた。

「この家の主人は隠密廻り同心をなさっておられる矢部どのの兄者の下で公儀御用をつとめている、いわば岡っ引きだ。しかも、さっきのおなごの身ごなしはどう見ても忍びの者。このふたりが裏でかかわりがあるとなれば、その糸の先は大公儀につながっているとしか考えられんでしょう」

甚内の推察はきわめて明快だった。

「いずれにせよ、われわれにはかかわりのないことだ。あまり詮索せんほうがいいでしょう」

甚内は淡々とした表情で盃の酒を飲みほし、

「ま、言わぬが花、知らぬが花ということもある。そうでしょう、神谷どの」

平蔵は黙ったまま、目に苦笑をにじませた。

内心、助かったと胸を撫でおろした。

おもんが公儀隠密だろうということは、平蔵も薄々見当はついている。

──それにしても、

おもんが公儀隠密なら、なぜ、これをおれに渡したんだ？

あの別邸で、おもんから渡された懐中の油紙の包みをそっと手でおさえた。

さっき厠《かわや》のなかでいそいで中身をあらためて愕然とした。包みのなかには磐根藩の存亡にかかわる代物がはいっていたのである。

もし、おもんが公儀隠密として動いているのなら、こんなものを平蔵に託した真意がはかりかねる。

おもんという女が、一夜の秘めごとのために、公儀御用を裏切るような甘い女ではないことはわかりきっている。

とはいえ、おもんを問いつめたところで、おもんはなにも語るまい。おもんとのいきさつは、あくまでも平蔵とふたりだけの秘事である。

──知らぬが花、か……。

井手甚内は苦労人だけのことはある。

──伝八郎も井手どのの爪の垢でも煎じて飲むがいい。

と腹のなかで舌打ちした。

「それにしてもだ……」

伝八郎がまだ釈然としない顔で平蔵をにらんだ。

「なんだって、神谷はめったやたらと女出入りが多いんだ。ええ？　世の中、不公平すぎると思わんか」

「ばかをいえ。なにも望んでもとめているわけではないぞ。できればきさまにもすこし肩代わりしてもらいたいくらいのものだ」

「おい。そりゃ、聞き捨てならんぞ。まるで、女ひでりのおれにあてつけておるように聞こえる」

このところ、どうも伝八郎は僻《ひが》みっぽい。

早いところ、いい嫁さんでもあてがわないといかんな、と苦笑しかけたとき、

「道玄先生がおいでになりました」

と女中が知らせてくれた。

「おお、それじゃご挨拶を……」

と腰をうかせると、

「いえ、先に治療をすませるとおっしゃって、もうお座敷のほうに」

という返事だった。

それをしおに井手甚内が腰をあげた。

「出たきりとんぼなので、それがしはこれで失礼させていただこう」

「じゃ、おれもこのあたりで退散する。井手どのと道場のことで、ちくと相談したいからな」

ふたりを玄関まで送って出ると、平蔵は深ぶかと頭をさげた。

「今夜のことは神谷平蔵、終生忘れはせん。このとおりだ」

「つまらんことをいうな！」

伝八郎がどんと平蔵の肩をたたいてカラカラと笑った。

「この女たらしめが。すこしは、竹馬の友にもお裾分けしろ」

伝八郎、どこまでもこだわっている。

大柄な伝八郎が、いかにも地味な寺子屋の師匠の井手甚内と肩を並べて去っていくのを見送りながら、

――なんとも似合いの剣友ではないか。

と、なにやら急にふたりが羨ましくなってきた。

――もしかしたら、おれは歩むべき道をまちがえたのかも知れんな。

ふと、そんな気がした。

二

平蔵が入ってゆくと、希和の治療をおえたばかりの瀬川道玄がふりむいた。

「おお、神谷どのか」

「夜分、身勝手なことをお願いして申しわけありませぬ」

「なんの、医者に時刻の遠慮など無用のこと……と、これは同業者に言うことではなかったかな」

とうに六十を越えたはずの瀬川道玄は、壮者をしのぐ生気にみちた顔をほころばせた。

「この家の主どのから、おおよその事情は聞きましたが、なんとも惨いことをする人間がいるものだ」

瀬川道玄は不快感をあらわにして眉をしかめた。

「なれど、ご心配なさらずともよい。傷は数日のうちに癒えましょう。だが、なんといっても衰弱なされている。半月ほどは安静になさることが肝要です」

柔和な目を希和にそそいで、

「よろしいか、まずはよく眠り、食養生をなさることじゃ。薬を出しておきますゆえ、今夜はぐっすりと眠られるがよい」

「はい……お礼の申しようもございませぬ」

希和が起きあがろうとするのを、

「これ、そのまま、そのまま」

手で押しとどめ、瀬川道玄は腰をあげた。

玄関まで送って出た平蔵に向かって、道玄は初めて憂い顔を見せた。

「あの方には申さなんだが、たとえ傷は癒えても肌の傷痕は残りましょう。お気の毒じゃが、いまの医術ではどうすることもできぬ」

「……希和どのは並のおなごではありませぬゆえ、それをいつまでもひきずることはなかろうと思います」

「うむ。ならばよいが」

嘉平が手配してくれた駕籠で帰宅して行く道玄を見送った平蔵が部屋にもどってみると、希和は安堵と疲れが重なってか、ぐっすりと眠っていた。

平蔵は枕元に座ったまま、希和の寝顔を静かに見守った。

希和は平蔵よりふたつ年下である。ふつうなら、とっくに子供の二、三人も産んで幸せな日々を送っているところだ。

——幸薄いひとだ……。

そう思うと、痛々しい気がしてならなかった。

眠っている希和の額に、うっすらと汗がにじんでいた。

手ぬぐいで汗をぬぐってやろうとした平蔵の手を、ふいに希和の白い手がつかんだ。希和が下からすくいあげるように平蔵を見あげている。

「……希和どの」

「申しわけありませぬ。神谷さま」

希和の唇がかすかにふるえていた。

「こんな、ご迷惑をおかけして……」

「なにを申される。迷惑などと露ほども思ってはいませんぞ。よけいな気づかいはなさらんことだ」

「ここに、ずっといてくださいますか」

「ああ、どこへもまいりませぬぞ。安心しておやすみなされ」

そういうと希和はうなずいて、平蔵の手をとったまま目をとじた。

しばらくして安らかな寝息がもれてきた。

三

夢のなかで平蔵は六つの鐘を聞いていた。

――もう、暮れ六つ、か。

ぼんやりと、そう思ったとき、目がさめた。

川べりに面した障子窓にほのかな光がさしている。

――お、いまの鐘は……。

明け六つだったのか。

渋い目をこじあけたとき、平蔵の目の下で希和がほほえみかけていた。

希和の手は平蔵の手をにぎったままだった。

「……希和どの」

「よく、おやすみになっていましたこと」

「すまん。用心棒が眠ってしまうとは……まずい。実にまずい」

「いいえ、わたくしも久しぶりにぐっすりとやすむことができました」

「傷は痛みませんか」

「ええ、道玄先生のお手当てがきいたのでしょう。それほど痛みはありませぬ」

「そりゃ、よかった。ただし、しばらくの間、無理はいけませんぞ」

「わかっております」

「朝の食事はどうなされる。粥《かゆ》でも召しあがりますか」

「いえ、まだ店のひともやすんでおられるでしょうから、いますこし後でいただきます」

希和の目から笑みが消えた。

「それより、あの堀江嘉門という男はどうしました」

「残念ながら、われわれが踏みこむ前に上屋敷に出向いてしまったようです」

「……そうですか」

希和は悔やむように唇を噛みしめた。

「こんなことになる前に神谷さまをお訪ねしていれば、……慶四郎や草の者たちを死なせずにすんだかも知れぬと思うと、悔やまれてなりませぬ」

「なぜ、そうなさらなかった」

「武家を捨て町医者として生きようとなされている神谷さまを巻きぞえにしたくなかったのです。ましてや、もう磐根とはかかわりがなくなった神谷さまを、藩の内紛にひきこむようなことは……」

「そんな斟酌《しんしゃく》は無用のことだった」

うなだれた希和にいたわるような眼ざしをそそいだ平蔵は、昨夜、おもんから渡された油紙の包みをとりだした。

「希和どのがもとめておられたのは、これではありませんか」

「え……」

「重定どのを磐根藩主にかつごうと企てている一味の連判状のようです」

「ま！」

希和の目がたちまち輝いた。

「どうして、これが……」

問いかけようとしたが、

「昨夜の、あの方ですね」

平蔵は黙ってうなずいた。おもんのことを、どう説明していいかわからなかったからである。

「そうですか、あの方が……」

希和はそれ以上、おもんのことを詮索しようとせず、真剣な目で油紙の包みをひらきはじめた。希和もまた平蔵の秘事にふれたくなかったのかも知れない。

磐根にいたころ、一度酒の席ではあったが、平蔵が磐根に骨を埋めるなら希和を嫁にやってもいいぞと外記がもらしたことがある。そのとき、平蔵は答えにつまった。希和にほのかな恋情をいだいていたが、だからといって草深い磐根に身を埋めるには平蔵は若すぎた。やはり江戸の灯が恋しかった。

あのとき、もし外記が希和を江戸に連れていってもよいといってくれていたら、まちがいなく平蔵と希和の人生はちがったものになっていただろう。

四

「おどろきました」

連判状に目を通した希和は深いためいきをついた。

「国元の一味の顔ぶれはおよそわかっておりましたが、まさか江戸屋敷にこれだけ手をのばしていようとは……」

「それにしても堀江嘉門が、なぜ、こんなものを手にいれていたのか、そこのところがわかりませんな」

「あの男は高坂主馬《こうさかしゅめ》どのを殺害したあげく連判状を手にいれたのです」

「なんですと！　あの堀江が高坂主馬を……」

希和を見つめて平蔵は呆然とした。

「しかし、重定どのを藩主にかつぐには、一味を束ねる高坂主馬は堀江にとってもなくてはならぬ人物だったのではありませぬか。それを、またどうして」

「それは……」

希和はすこしためらったが、

「主馬どのが、堀江嘉門の介入を嫌っていたからだと思います」

そう言ってから、希和は急いで顔を伏せた。

高坂主馬はかつて希和が一度嫁いだ相手であることを桑山佐十郎から聞いていた平蔵には、希和の心中が手にとるようにわかった。おそらく、高坂主馬はいろんな意味で希和の胸に深い傷痕を残した男だったにちがいない。

「……主馬どのは、並はずれて気性の勝ったおひとでした。思いこみもきついひとでしたから、病弱な殿を廃してまでも、藩のために重定どのをかつごうとしたのでしょうが、重定どのはともかく、五代さまの息のかかった志帆の方が藩政に口だししてくることを警戒していたようです。まして、志帆の方の実家の縁につながるというだけで磐根藩を牛耳ろうと野心をむきだしにしてきた堀江嘉門は、我慢のならない人物だったにちがいありません」

「なるほど、その国元の情勢を嗅ぎつけた堀江嘉門が、先手を打って磐根に潜入した上で高坂主馬を殺害し、連判状を奪いとったというわけですな」

堀江嘉門は旗本二千五百石を牛耳るだけではあきたりなかった男である。

磐根藩乗っ取りの陰謀に荷担しようとしたのも、いずれは磐根藩政を思うがままにしたいという野心からだろう。

そんな堀江嘉門にとって、堀江の介入を嫌う高坂主馬は生かしておけない存在だった。しかも連判状を手にいれれば一味の喉首をつかんだもおなじようなものだ。

――やつは権力の妄執にとりつかれた男だ。

平蔵にとって権力という化け物は、もっとも縁の薄い代物だが、これにとりつかれた人間ほど始末に悪いものはない。そういう男がずば抜けた剣技をもっているとなれば、こんな物騒なことはない。

希和を捕らえ、責め苛みながら薄笑いをうかべていたであろう、堀江嘉門の顔を想像し、平蔵ははらわたが煮えるような憤怒をおぼえた。

――あやつ、いずれにせよ、生かしてはおけぬ男だ！

あらためて心に誓った。

「陰草の者の探索によりますと、堀江嘉門は重定どのに談じて、殿ばかりか、和子のお命をちぢめる役をみずから買って出たのだそうです」

「やつが刺客を……」

平蔵は愕然とした。

「ならば、希和どのは陰草の里を離れずに、お美津の方とお世継ぎを守っていなくてはならなかったのではありませぬか」

「いいえ」

希和は落ち着いた表情でほほえんだ。

「お美津の方さまがお産みになったのは姫御前ですもの。それをおおやけにすれば、お命を狙われる心配もなくなるでしょう。でも、そうする前にしなければいけない大事なことがあって、江戸に出てまいったのです」

「わたしは佐十郎から、お美津の方がお産みになったのは、お世継ぎの和子だと聞いたが……」

「それは……桑山さまが、ほんとうのことがまだ外にもれてはいけないからと、そういうことにされたのだと思います」

一瞬、平蔵はことばをうしなった。

――佐十郎め！　おれにまで嘘をついたのか……。

「殿はお若いころから病弱でしたが、早熟で、御正室をお迎えになる前から何人もの侍女にお手をつけられていました。そのなかで湯殿の垢すりをしていた園という下女が、殿の御子を身籠もってしまったのです。園は器量も気だてもよいおなごでしたが、水小屋の番をつとめる小者の娘でしたから、亡き大殿に知れたら、どんなお怒りをうけるやも知れませぬ。そこで殿は父に園さまの身柄をおあずけになったのです。父は古賀伊十郎という信頼するに足る近習に園さまの身柄を託し、脱藩させたそうです」

「………」

「伊十郎は妻とともに園さまを守り、江戸に逃れたと聞きました」

「江戸の、どこです」

「それは、わかりませぬ。父の話によりますと、知っているのは殿と、桑山さまだけだということでした」

なんと佐十郎はすべてを知っていたのだ。知っていながら、平蔵には涼しい顔で知らぬ顔の半兵衛をきめこんでいたのである。

――あやつ！　お美津の方と和子のお命がどうだの、いろいろと知恵を貸してもらいたいだのと、白々しいお題目を並べやがって！

いかにも藩の大事に直面し、心痛しきっている側用人の役を演じていた桑山佐十郎の顔を思いうかべ、平蔵は腹が立つというより呆れかえった。

――大した役者だよ。猿楽町の芝居小屋にでもだしたいくらいのものだ。

思いっきり腹のなかで毒づいてみたが、不思議に腹がたたないのは佐十郎のもって生まれた人徳のせいかも知れない。

ま、それくらいの器量があればこそ、あの若さで側用人という重職に登ることができたのだろう。

そう考えているうちに平蔵は、いつの間にか佐十郎の嘘を許す気になっていた。

「それで、その園というおなごは江戸で無事に和子を産み落とされたのか」

「いいえ、江戸に向かう途中の宿で産気づいて男の子を産み落としたものの、大変な難産で赤子《やや》の顔を見ることもなく亡くなられたと聞きました」

「それは……」

なんという幸薄い女だ、と平蔵は眉をひそめた。

「で、その赤子は……」

「古賀伊十郎と妻が赤子を守って江戸に入り、自分たちの子として立派に育てているそうです。伊十郎の妻女はすこし前に赤子を亡くしたばかりでまだ乳もよく出たので、妻女が母親がわりになって育てあげていると、桑山さまから聞きました」

「じゃ、佐十郎は古賀伊十郎夫婦や赤子がどこに住まっているのかも知っているのですな」

「はい。いつ殿からお声がかかってもよいよう、また暮らし向きに困ることがないよう、仕送りをつづけているはずです」

「なるほど……佐十郎もそれなりに苦労してきたわけだ」

「それは、もう……。殿の桑山さまへの信頼は絶大なもので、父亡きあと藩の執政になられるのは桑山さまにまちがいありませぬ」

――あの佐十郎が、藩の執政に……。

夜な夜な連れ立っては磐根城下の居酒屋を梯子して酔いつぶれていた飲み友達が、いつの間にか五万三千石の藩政を掌握するところまで出世していることを思うと、平蔵は感無量だった。

かたや平蔵はといえば、一貫五百文の家賃をひねりだすのに目の色を変える長屋住まいの貧乏医者である。

歳月がもたらすものの重さを、平蔵はずしりと感じていた。

「この連判状を桑山さまの手にゆだね、磐根藩の災いの根を一掃することができれば、亡き父の無念を晴らすことができましょう」

「わかりました。早速、使いの者をだして、佐十郎をここに呼びましょう。それでよろしいかな」

「はい。ただ、江戸屋敷にはまだまだ油断できぬ者がおりますゆえ、桑山さまへの使いにはくれぐれも気をつけてくださいまし」

「案じられるな。さ、いますこしやすまれよ」

「はい」

疲れたのか、それとも安堵したのか、希和はおとなしく平蔵の言うがままにそっと瞼をとじた。

希和の手が、また、おずおずと平蔵の手をもとめてきた。平蔵が優しくつつみこむように希和の手をとると、希和はかすかにほほえみ、両の頬にくっきりとえくぼができた。娘のころとすこしも変わらないえくぼだった。

希和の寝顔を見ているうちに、平蔵はいつの間にか希和の寝顔に、縫の面影を重ねあわせている自分に気がついた。

――そうか、おれは縫に、希和の面影を見ていたのかも知れぬな。

希和と縫はけっして面だちが似ているわけではない。が、ふたりには、どこか似通ったところがある。

――男というものは、つまるところ、おのれが思いえがく幻の女をもとめるものなのかも知れぬ。

平蔵はひっそりと苦い笑いを嚙みしめた。

五

希和は床をはらい、きちんと着替えをすませ、背筋をしゃきっとのばして正座したまま、厳しい目を弟の文之進にそそいでいた。

文之進のかたわらで桑山佐十郎がせわしなく扇子を使っている。

平蔵は座敷の隅にひかえていたが、希和が二十五歳にもなった弟に微塵の容赦もない態度で接しているのに驚嘆した。

磐根藩の江戸屋敷にいる桑山佐十郎に希和の文を届けてくれるよう仁吉に頼んでから、小半刻（一時間弱）もたたぬうちに、桑山佐十郎が文之進をともなって駆けつけてきたのである。

磐根から堀江を追って陰草の者とともに江戸に出てきた希和は、藩邸にいる弟の文之進に会おうとして陰草の者を使ってひそかに連絡をとった。文之進は几帳面にも上司に希和と会うことを報告し、外出の許しをえた上で、回向院《えこういん》で待っていた希和のもとに出向いた。

文之進は学問はできるが、典型的な惣領の甚六で、これまで藩内の派閥抗争とは縁のない無風地帯ですごしていたから、杓子定規に藩の規則にしたがって行動したのである。

ところが、運の悪いことに文之進の上司は重定擁立派のひとりだった。すぐさま堀江嘉門のもとに使いが走り、文之進と別れて帰途についた希和は駆けつけてきた堀江嘉門一味の手で捕らえられてしまったのだ。

「文之進。あなたはそれでも柴山外記の子ですか。父上が非業の死をとげられたのはなぜか、なぜ、わたくしが慶四郎をしたがえて姿を隠したのか、陰草の者を使ってまでひそかにあなたに会おうとしたのか、すこしでも考えてみたことがあるのですか。……学問がいくらできたところで、世の中を生きてはいけませんよ」

希和は仮借のないことばを浴びせた。

「お屋敷のなかにも敵がいるということを、すこしでもわきまえていたら、この姉をみすみす敵の手に渡すようなことはなかったのですよ。もし、神谷さまがいらっしゃらなかったら、わたくしはまちがいなく殺されていました」

「もうしわけ、ございませぬ。……わたくしの迂闊でした」

文之進は消えいるような声で詫び、肩をふるわせ、顔をあげることもできないでいた。

「迂闊ですまされることではありませぬ！　もし父上がご存命でしたら、即座に腹を切れともうされたことでしょう」

「ま、ま、希和どの。文之進どのはまだ若い。ぬかりがあったことは確かだが、そのあたりで許しておやりになってはいかがかな」

佐十郎が助け船をだしたが、

「これは柴山家のうちうちのことです。せっかくですが、お口だしはご無用にしていただきます」

びしりと一蹴され、佐十郎は首をすくめた。

いまをときめく側用人といえども、長年にわたって藩政を掌握してきた柴山外記の息女の威厳にはかなわないらしい。

「若いといっても、あなたはもう二十五ですよ。桑山さまは、あなたの年には殿のお側に仕える要職についていらっしゃいました。それにひきかえ、あなたは姉の役にもたたぬありさま、情ないかぎりです。いつまでも柴山外記の子だという甘えは通りません。いまのままでは、そなたの先が案じられまする」

「は、はい……」

「しばらくは、あなたの顔も見たくありませぬ。さ、もうお帰りなさい」

最後まで希和は毅然とした態度をくずさなかった。

血の気をうしない、うちひしがれた顔で座敷を出て行く文之進に、希和は目をくれようともしなかった。

「いやいや、これだけ手厳しく希和どのに叱責されたら、文之進どのも胴身にこたえたであろう」

佐十郎がとりなすように言ったが、希和は憂い顔でかぶりを横にふった。

「さて、どうでしょうか。あの子は昔から性根の軟弱な子でしたから、あまりあてにはできませぬ」

希和は悔しそうに唇を嚙みしめた。

「いまのままでは柴山家の先行きが案じられてなりませぬ」

「ま、そう、案じられるな。お父上が磐根藩のために身命を賭して尽くされたことは殿もようくご存じのことゆえ、柴山家をないがしろにするなどということは金輪際ござらぬ」

「なにとぞ、お見捨てなきよう、よろしくお願いいたしまする」

はじめて希和は姉らしさを見せて、佐十郎に頭をさげた。

「おまかせあれ」

佐十郎は側用人の威厳をしめすかのようにうなずくと、平蔵に目を向けた。

「神谷。こたびはかたじけない。このとおり礼を言う」

「うむ。ちょっとやそっとの礼ではすまされぬぞ」

平蔵はなかば脅すようになじりながら、希和に目を走らせた。

前もって打ち合わせておいた希和が、心得顔でうなずいた。

「そうですとも、神谷さまが昨夜手にいれてくださった土産をご覧になれば、桑山さまも腰をぬかされるかも知れませんよ」

「なに、土産とな……」

「重定どの擁立派の連判状だよ」

ずばりと平蔵が言った途端、佐十郎は目を剝いた。

「なにっ、連判状だと！　そ、それは、まことか……」

佐十郎の目がせわしなく平蔵と希和のあいだを往復した。

「まことですよ。桑山さま」

希和は連判状をとりだした。

「お！　そ、それがまことなら……」

佐十郎は目を輝かせて手をのばそうとしたが、

「そうはまいりませぬ。これをお渡しする前に桑山さまから、神谷さまにひとことあってしかるべきではないかと存じますよ」

「うむ？」

佐十郎はせかせかと平蔵をうながした。

「どういうことだな、神谷。わしが何かまずいことでもしたのか」

「まずいとまでは言わぬが、ひとこと詫びぐらいは言ってもらいたいものだ」

「おい、そうじらさんでくれ。貴公に詫びねばならぬようなことを、わしが、いつした？」

「この江戸に宗明さまのお子がいらっしゃるなどという大事を隠していたではないか」

「あ、ああ。そのことか」

佐十郎はつるりと顔を撫ぜた。

「いや、すまん、すまん。……あれは別に嘘をついたというわけではないが、なにせ、ことは極秘を要するゆえな。貴公を疑うなどという気持ちは毛筋もなかったが、ちくと大事をとったのだ。許せ」

「お美津の方が姫を出産されたにもかかわらず、嫡子を産まれたようにたばかったのは、その隠し子の存在を知られぬための苦肉の策だったというわけか」

「ま、ま、そう責めるな。兵法にも、ことを計るにはまず味方をあざむけと申すではないか。な、そういうことだ」

佐十郎、片手拝みに、

「許せ、神谷……」

「ま、よかろう。いくら剣友とはいえ、おれは磐根藩の藩士でもなし、ただの町医者だ。用心して当然だからな。ところで、その殿の隠し子は江戸のどこにいるのだ。江戸市中のことなら、佐十郎より、おれのほうがずんとくわしいからな。今後のためにも話してくれんか」

「むろん、話す。話すが……怒るなよ、神谷」

どうやら佐十郎、まだ何か隠していることがあるらしく、バツの悪い顔をした。

「なんだ。いまさら渋ることもなかろう」

「う、うむ。実は貴公の住まいとは目と鼻の先に住もうておられるのよ」

「目と鼻の先だと⁉」

平蔵は愕然とした。脳裏にガツンと響くものがあった。

「おい、それじゃ……まさか」

「その、まさかだ。奇遇といえば奇遇、まさかにわしとても、朋友の神谷平蔵が伊之介ぎみとおなじ長屋に住まおうとは思いもせなんだわ」

「……あの、やんちゃ坊主の伊助が、……伊之介……ぎみ」

あの伊助が、磐根藩主宗明の落とし胤《だね》だなどとだしぬけに言われても、すぐにはピンとこなかった。

「宗明さまは園どのが男子を産まれたと聞かれたとき、ひそかに伊之介と名付けられていたのだ。ただ長屋住まいに伊之介という名は不似合いゆえ、伊助と呼ばせるよう古賀伊十郎に申しつけておかれたのよ。残念ながら古賀伊十郎は江戸について間もなく病死したそうだが、妻女の縫どのがよくできたおなごゆえ、すくすくとお育ちになっていると聞かれ、殿も伊之介ぎみとご対面の日がくるのを心ひそかに楽しみにされておられる」

平蔵はしばし言葉をうしなった。

先夜、縫に所帯をもとうといったとき、どうしても「うん」といわなかったほんとうのわけが、やっとわかった。

夫が前原伊織という美濃岩村藩士だったというのも、縫の苦しい方便だったのだ。ましてや、伊助を平蔵の子にしたり、神谷家の若党にしたりすることなど、できるはずもないことだったのだ。

平蔵が縫と伊助のためによかれと思ってしたことは、逆に縫を追いつめることになったのだろう。

「桑山さまも、見かけによらずタヌキですこと」

希和がにらんだ。

「う、うむ。いや、すまん。……が、しかしだ。わしとしては伊之介ぎみが貴公の目と鼻の先にお住まいになっておられるとあれば、これほど安心なことはないからな。むろん、あの長屋に住まわれてからは町方の同心に袖の下を使い、それとなく目配りを頼みもし、わしの腹心の近習に命じて陰守りをさせてはいたが、ま、縫は柔術の目録まで取ったおなごだけにめったなことはあるまいと思っていた。……おまけに、そこに貴公が住みついた上、縫に治療の手伝いまでさせているとなると、これはもう鬼に金棒だと心強く思っていたのだ」

——なにが鬼に金棒だ！　あの鎖鎌使いの横川周造が伊助をつるしあげようとした日に、ちょうどおれが引っ越してこなかったら、どうなったかわからんのだぞ。

文句を言ってやりたかったが、あまりいちゃもんをつけるのもどうかと思い直して、佐十郎の顔をにらみつけるだけにした。

「な、神谷。この連判状を殿に差しあげ、一味徒党を根こそぎ一掃するまでは、伊之介ぎみの件をおおやけにするわけにはいかんのだ。そこで、あらためての頼みだが、しばらくの間、貴公、伊之介ぎみの陰守り役をひきうけてくれぬか」

「ばか！　ぬけぬけと勝手なことをほざくな」

平蔵は怒鳴りつけざま立ちあがった。

「それならそうと、もっと早く、そう言っておけ！　今日になってからでは遅すぎるわ」

「な、なんだ。どうしたんだ、神谷……遅すぎるとはどういうことだ」

「どうもこうもあるか！　あのふたりは、今日、早くに小田原に旅立つことになっているんだぞ」

「な、なにい⁉　小田原だと、なぜ、そのようなことに……」

「いいから、いっしょに来い！　いまなら、まだ間にあうやも知れん！」

「わ、わかった！　行く、行くとも」

平蔵の剣幕の激しさに気《け》おされて、桑山佐十郎は飛びあがらんばかりの勢いで腰をあげた。

第九章　剣　　鬼

一

「やはり、遅かったか……」

縫が借りていた部屋は塵ひとつないほど綺麗に掃き清められ、夜具や鍋、釜、茶碗などの日用品は差配の六兵衛が始末したという。

縫は昨日のうちに近所をまわって挨拶をすませ、今朝、六つ半（七時）に旅立っていったらしい。

「六つ半、か」

平蔵が希和と朝食をとっていたころだ。

「なんで、そんなに早く出ていったんだ！　おれがもどるまで待てなんだのか」

平蔵は声を荒らげた。

「へ、へえ。それが、その、子連れだから日のあるうちにできるだけ先を急ぎたいということで……」

まるで自分が責められているような気がしたのか、差配の六兵衛は首をすくめてしどろもどろに弁解した。

「よいではないか、神谷。行方知れずになったわけではない。小田原の叔父のところに向かったことはわかっているんだ。案じることはなかろう」

桑山佐十郎はいきり立っている平蔵をなだめにかかった。

「考えようによっては、こんな裏店にいるよりは安心できるというものだ」

「なんだ！　こんな裏店とは……おれが近くに住まっていれば心強いといったのはだれだ」

「わかった、わかった。いまのはわしの失言だ。あやまる」

歴とした藩の重役らしい武士が、長屋の町医者にすぎない平蔵のご機嫌とりに躍起になっているのを見て、目を白黒させていた差配の六兵衛が、

「あ、あのぅ」

おそるおそる口を挟んだ。

「神谷さまがお帰りになったら、お渡ししてくれと縫さんからお預かりしていた

ものがございますんで」

六兵衛はおずおずと、ふところから一通の文と、袱紗包みをとりだした。

「なんだ。早くそれを言わんか！」

ひったくるように六兵衛の手から奪いとった平蔵の顔色が変わった。

「おい！　これは……」

袱紗の包みをあらためた平蔵は唖然となった。

「縫さんからお預かりした九十五両、たしかにお渡しいたしましたよ」

六兵衛が念をおした。

「いったい、どういうことだ⁉」

平蔵はせわしなく文をひらいてみた。


ひとことお別れを申しあげてからとおもっておりましたが、お顔を見れば、またこころがにぶりかねませぬゆえ、お会いすることなく小田原に立つことにいたしました。また、平蔵さまの意にそむいて旅立つわたくしが金子をいただくことなどできるはずもございませぬ。どうか、お許しくださいませ。平蔵さまとすごしました日々は生涯忘れはいたしませぬ。

平蔵は沈黙したまま、文をふところにねじこんだ。

間もなく四つ（午前十時）になる。もう御府外に出て東海道を西に向かっているころだ。伊助を連れた縫が街道を遠ざかっていくうしろ姿が目にうかぶようだった。

「あの、神谷さま」

六兵衛が顔色をうかがいながら、

「つい、四半刻あまり前ですが、縫さまの身寄りの方だと申される立派なお武家さまが、縫さまの行く先を尋ねてまいられましたが……」

「なに、身寄りだと……どんな侍だった」

「さ、どんなと申されましても……」

六兵衛はしばらく首をひねっていたが、

「そうそう、たしか、ぶっさき羽織の家紋が太陰酢漿草《ふとかげかたばみ》でございましたよ」

「なにぃ！」

「おい、神谷。どうしたというんだ……」

「そやつ、堀江嘉門だ！　とうとう伊助と縫の正体までかぎつけて追っていったにちがいない」

「なんだと！」

「佐十郎！　馬だ。馬なら追いつけるかも知れん。早く馬を都合しろ！」

「そやつ、剣の腕は立つのか」

「磐根に乗りこんで高坂主馬を斬り捨てた、あの堀江だぞ。水沼慶四郎も袈裟がけの一刀で倒されている。磐根藩で堀江嘉門と五分にわたりあえる者はひとりもいないだろうよ」

「ううむ！　神谷ならどうだ。やれそうか」

「ばか！　そんなことより馬の手配が先だろうが」

苛立った平蔵が嚙みつきそうな顔で怒鳴りつけるのを見て、差配の六兵衛が腰をぬかしかけた。

二

平蔵は品川の大木戸をぬけ、東海道を西に向かって馬を走らせた。

あとから桑山佐十郎が腕ききの近習をしたがえて追ってきているはずだが、それを待っている暇はない。東に向かう旅人には目もくれず、西に向かうひとり旅の侍と、子連れの女だけをひたすら探した。

茶店でやすんでいる親子連れを見ると馬の歩みをとめて顔をたしかめた。

松林の奥の木陰で弁当を使っている母と子を見たときは、思わず縫と伊助ではないかと駆けよってみたが人違いとわかりがっくりした。

ようやく神奈川宿で佐十郎たちが馬を飛ばして追いついてきた。

「まだ、見つからんのか」

「うむ。なにせ、子供連れだからな。そう速くは歩けまいと思うが」

「ともかく保土ケ谷宿まで行ってみよう。それでも見つからんようなら追い越したとみて引きかえすという手もある」

「よし」

馬をすすめかけたとき、彼方でなにやら旅人たちが騒ぎたてるのが見えた。

平蔵はひと鞭くれて馬を飛ばした。

街道沿いに旅の男女が群がっている。

馬を飛びおりた平蔵が群れをかきわけながら前に出ると、稲の苗が青々とのびはじめた水田の泥をはねあげ、懸命に逃げようとしている縫と伊助の姿が見えた。そのふたりを追いつめるように深編笠の侍が泥田のなかを悠々と突きすすんで行くではないか。

「堀江っ！」

怒鳴りながら平蔵は裾をからげて泥田に踏みいった。

「卑怯だぞっ！　きさまの剣は女子供を斬るための道具かっ」

叫びつつ、堀江嘉門めがけて小柄《こづか》を抜き打った。

鐘捲流《かねまきりゅう》は小柄の鍛練も重視する。平蔵が投げた小柄はふりむきかけた堀江嘉門の深編笠を刺し貫いた。

堀江嘉門は素早く深編笠をぬぎ捨て、空にほうり投げた。

「ふふふ、思ったとおりだ。そのおなごと子供をおさえておけば、かならず貴公がやってくると確信していたのだ」

「悪あがきはよせ！　きさまが画策した磐根藩乗っ取りの陰謀はもはや水泡に帰したぞ。一味の連判状はこっちの手のうちにある。いさぎよく諦めることだな」

平蔵は泥に足をとられぬよう、爪先で水田のなかを探りながら、じりじりと堀江嘉門との間合いをつめていった。

「ふふ、どうやら、きさまを甘く見すぎていたようだ。早く始末しておけばよかったが、ま、すこしはおもしろい夢を見ることができたゆえ、心残りはないわ」

「おもしろい夢だと……きさまほどの腕があれば藩の指南役ぐらいにはなれただろうが、なぜ、つまらん陰謀などに荷担したのかわからんな」

「きさまこそおかしなやつだ。あたら鐘捲流皆伝の腕をもちながら町医者風情になるなど、ばかばかしくはないのか」

間合いは、およそ十間。

平地なら一気につめられる距離だが、この泥田ではそうはいかない。

「いいか、神谷平蔵！　おれが生まれた家は床がしなうほど金銀があった。欲しいものはなんでも手に入った。が、それでも武士には頭があがらなかった。この悔しさがわかるか！　ええ、神谷平蔵。……さいごにものをいうのは権力だ。権力をにぎるほどおもしろいものはない。だから、おれは侍になるために死に物狂いで剣を学んだ。おかげで二千五百石の旗本家を思うがままにあやつれるようになった」

「なぜ、それでやめておかなんだ！　きさまは欲をかきすぎたんだ」

「ぬかすな！　町医者ごときで満足しているやつには権力という美酒の味はわか

るまい」

「わからんな！ ひとを殺《あや》め、ひとを騙して手にいれた権力などおぞましいかぎりだ。剣はそんなことのために使うものではあるまい」

「ばかをいえ！ 剣はひとを殺すための道具にすぎん。男子の大望をかなえるのに邪魔になるやつを斬るために使う道具でしかない」

「いうな！ きさまは剣客ではなく、邪悪な野心に魂を売りわたした小汚い剣鬼にすぎん！」

間合いは五間につまった。

「おじちゃん！」

と、伊助が叫んだ。

「伊助！ 縫のそばを離れるなっ」

叱咤しつつ、平蔵は泥水に足をとられながら前進した。

「神谷っ！ いま、行くぞ」

佐十郎が背後から怒鳴った。

「助太刀無用！ それより伊助と縫を頼むっ」

怒鳴りかえし、腰の井上真改《いのうえしんかい》を抜きはなった。亡き父の遺愛の品で大坂鍛冶の逸品である。

堀江嘉門は身じろぎもせず、平蔵が近づくのを待ちうけていたが、まだ腰の物に手もかけていない。

「来い！　鐘捲流」

堀江嘉門は左手を鞘にあて、親指を鍔にかけ、鯉口を切った。右手はだらりと下にたらしたままだ。

――そうか、居合いの一閃できめる気だな。

平蔵は居合いに備え、下段にかまえつつ、すこしずつ右へ、右へとまわりこんでいった。居合いは剣を抜きざま袈裟がけに斬りおろすのが理にかなっているからだ。

右にまわりこめば堀江の剣はそれだけ遠回りすることになる。下段からすりあげた剣で堀江の剣をはねあげざま、剣先をかえし右胴を横にはらうことができる。

水田の泥に足をとられないように平蔵は爪先で稲穂をさぐり、稲穂を踏みしめながら移動しつづけた。

平蔵の移動にあわせるように堀江嘉門も右へ、右へとまわりはじめる。

その動きに微塵の乱れもないことに平蔵は瞠目した。

まだ堀江嘉門の剣は鞘のなかにある。にも、かかわらず、堀江嘉門の躰から発する殺気は凄まじいものがあった。

容易には踏みこめないと平蔵は直感した。踏みこめば平蔵のかまえも崩れる。崩れた、その一瞬の隙を堀江嘉門は待っているのだ。

──そうはさせぬ！

ふいに平蔵は軸足を左にうつしざま、すっと間合いをつめた。その瞬間、電撃の居合いが襲いかかってきた。かわす間もなく平蔵は下段の剣をすりあげたが、堀江嘉門の剛剣はそれを上回る圧力があった。平蔵の右肘をかすめた剣先は、そのまま飛燕のように反転して左の脇腹に襲いかかった。右肘に激痛が走ったが、そのまま右に躰をひねって剣先をかわし、八双のかまえから井上真改を存分に斬りおろした。ずんと腕にひびく、たしかな手応えがあった。

平蔵の左側をすりぬけた堀江嘉門は泥をはねあげ、ふりむいた。

ふりむいた堀江嘉門は刀を上段にかまえたまま微動だにしなかった。

やがてカッと見開いていた双眸の光がしだいに鈍くなった。

刀を上段にかまえたまま堀江嘉門は、朽ち木が倒れるようにゆっくりと水田に突っ伏していった。

「おじちゃん！」

伊助の声がはじけた。

井上真改の澄みきった刀身に血脂がうっすらとひかっていた。

平蔵は懐紙で血脂をぬぐいとると井上真改を鞘におさめ、畔道で待っている伊助と縫のほうに向かってゆっくりと歩みよっていった。

「平蔵さま……」

駆けよろうとした縫に、

「大事ない。かすり傷だ」

と平蔵は笑ってみせた。

ふたりをかばうように佇んでいた桑山佐十郎の顔が笑みくずれた。

「やったな、神谷。やはりきさまは医者にしておくのは惜しい。もう一度、磐根藩にもどってこぬか。むろん藩医ではなく、磐根藩剣術指南役としてだ」

「ことわる」

平蔵は笑いながら、一蹴した。

「おれには医者が一番気楽でいい」

「おじちゃん！」

平蔵の腕にすがりついた伊助が、桑山佐十郎を見て口をとがらした。

「ねぇ、このおじちゃんは、どこのおじちゃんなの」

「これ、伊助！　なんということを……」

縫があわててたしなめた。

「おい、佐十郎。この腕白坊主を若君に仕立てるのは苦労しそうだぞ」

「う、うむ。ま、なんとかなる。なってもらうしかあるまいが」

桑山佐十郎はつるりと顔をなぜながら、憮然として空を仰いだ。

三

神谷平蔵は武者窓から外をのぞいてみた。

右に思案橋が、左に親父橋が見える。思案橋の向こうの左手には酒井雅楽頭《うたのかみ》の広大な屋敷が、右手には牧野豊前守の屋敷も見えている。

「場所もいいな。この界隈には大名屋敷がひしめいている。弟子を取るにはもってこいの場所だよ」

「だろう……」

伝八郎は小鼻をふくらませて井手甚内をかえりみた。

「な、井手どの。われら三人が力をあわせれば、江戸一番の大道場にできようというものだ」

「なに、わしは親子五人がひもじい思いをせずに暮らしていければ何もいうことはありませんな」

あいも変わらず井手甚内はつつましい。

「造りもしっかりしている」

平蔵は足でトンと床板を踏んで、おおきくうなずいた。

「おれの長屋とはおおちがいだ」

長年ここで剣を学んできた男たちの足の脂と汗をたっぷり吸ってきた床板はよく磨きあげられ、武者窓からさしこんでくる光に照り映えてまぶしいばかりに輝いている。

根太もしっかりしていたし、天井板から壁板にいたるまで微塵のゆるぎもない。

剣道場らしく頑丈に造られたものであることは一目でわかる。正面の見所《けんぞ》は三畳余と、けっしておおきいとはいえなかったが、そこに座っていた道場主の人柄をしのばせる風格がただよっている。

「よいではないか。これだけの物件はめったに出ないぞ」

平蔵は不動産の周旋屋のような口ぶりで、伝八郎と甚内をかえりみた。

「これで、八十両は拾い物だよ」

「うん。まさに拾い物だ……」

伝八郎はまるで自分が見つけてきたような顔でそっくりかえった。

小網町一丁目の角地にある、この道場が売りに出されていると聞きつけてきたのは井手甚内である。

「さすがは井手どのだ。よく、これだけの上物を見つけられた」

「いや、たまたま、わしの寺子屋に通ってきている子供から小耳にはさんだまでのことですよ」

甚内はどこまでも謙虚だった。

「それに、ここを手にいれることができたのも、神谷どのが一枚くわわってくだされたからこそですからな。わしの蓄えと矢部どのが工面してくれた金子《きんす》だけでは、とてものことに手が届かなかった」

「なんの、そう気になされても困る」

平蔵は急いで手をふりながら、つけくわえた。

「わたしも毎日、病人や怪我人ばかり診《み》ていては息がつまる。二日か三日に一度ぐらいは、道場で存分に汗を流してみたいと思っていたところでしてね。つまりは渡りに舟だったということです」

この剣道場は永山晋九郎という新陰流の剣客がひらいていたが、永山が七十歳になったのをしおに道場をたたむ決心をして売りにだされたものである。ただし条件がふたつあった。ひとつは剣道場として使うこと、もうひとつは跡をひきつぐ剣客が永山の眼鏡にかなう人物ということだった。

さいわい井手甚内は人柄も、剣の技量も、永山晋九郎が満足するにたるものだったが、難問は譲渡金額だった。

永山には三十九歳という若妻にくわえて八歳になる男子と、四歳の娘がいる。老後を考えると、どうしても八十両は欲しいという、無理からぬ話だった。

井手甚内には四十両の蓄えがあったが、相棒の伝八郎は八方駆けずりまわっても十一両しか工面できなかった。その話を聞いた平蔵が、不足分の二十九両と、ほかに弟子たちの稽古道具をそろえる購入資金と当座の入費分を加味した二十一両、計五十両を出資することにしたのである。

縫にやるつもりでいた九十五両が宙にういていたから、平蔵としてはすこしも無理したつもりはなかったが、律義な甚内はよろこんで出資はうけるが、そのかわり道場主には平蔵がなってくれと言ってきかなかった。平蔵はそんな面倒な役は真っ平だったし、人柄、剣技、どれをとっても道場主は井手甚内が適任だった。

渋る甚内をなんとかなだめるのに苦労したが、その甲斐は十二分にあった。

なんといっても、ふたりには命懸けの助っ人を快くひきうけてもらったという、おおきな心の借りがある。金でかえせるものではないが、ふたりの友が喜々としているのを見ると、平蔵までがしあわせな気分になる。

「それにしても、永山どのは三十一も年下の妻女をもたれ、ふたりの子までもうけられておるとは大した元気だのう」

伝八郎がうらやましそうにためいきをついた。

「だから、きさまもあせることはない。あせるから女は逃げる。待てば海路の日和《ひより》ありだ」

「おい！　おれはそうは待てん。どこかに空き家の後家でもおらんか、探してくれ！」

伝八郎ががっついた声をはりあげたとき、

「よお！　なかなか立派な道場ではないか。いや、めでたい。実にめでたい」

桑山佐十郎がにぎやかな声をひびかせ、祝いの角樽を二樽、若党にもたせて入ってきた。

「やあ、わざわざ祝いに来てくれたのか」

「あたりまえだ。わしが畏友と頼む神谷平蔵のためとあれば、なにはさておき駆けつけねばなるまいて。あとから鯛も届くから今日は存分に祝ってくれ」

藩公の側用人をつとめるだけあって、佐十郎は如才がない。

平蔵があらためて伝八郎と甚内を佐十郎に紹介すると、

「せんだっては、ご両人にいかいお世話になり申した。これからは当藩の江戸屋敷で剣を学びたいという若者をどしどし送りこみますゆえ、存分に鍛えてやっていただきたい」

「かたじけのうござる。磐根藩の後ろ盾をいただければ、当道場も心強いかぎりと申すもの」

道場主になる井手甚内も、丁重に応対した。

「まずは文之進を鍛えたいな。あんな味噌っかすでは使い物にならんだろう」

「うむ。まったく当節の若いのはあんなのが多くて困ったものよ。ビシビシしばきあげてやってくれ」

「で、ごたごたのケリはついたか」

「おお、そのことよ」

佐十郎が片目をつぶってみせた。

「まだ祝宴をひらくには間があるだろう。ちくと出られんか」

ことは藩の内紛にかかわるから佐十郎も気がさすのだろう。

「わかった。近くにちょいといける蕎麦屋がある。そこでよかろう」

四

「おい、おまえもなかなか隅におけんな」

とりあえず蕎麦がきとお銚子を二本頼んでから、佐十郎はにやりとした。

「なにが……」

「とぼけるな。あの道場の裏通りには真砂がある。おもんとちょくちょく会おうという算段だろう」

「ははぁ、そんな当て推量をしていたのか。側用人どのも品さがったものだ」

「ごまかすな。このところ、おもんの前で貴公の名をだすと、おもんのやつめ、すぐに話をそらしてとぼける。あれは惚れた男ができたときの女の常套手段さ」

「よせよせ、おれのような素寒貧《すかんぴん》の町医者なんぞに、おもんは目もくれんよ」

「ふうん。……どうだか、な」

——佐十郎め、昔はとんと色事に鈍い男だったが、いつの間に……。

これは油断ができん、と平蔵は早々と話題をそらせた。

「で、あれから藩内はどうなってるんだ」

「まずはとんとん拍子でことはすすんでおる。例の連判状が決め手になってな。殿が大英断をふるわれた」

「ほう」

「国元の一味は高坂主馬が亡くなってからはガタガタになっておったが、そこへ連判状という動かぬ証拠がでては、もはやお手あげよ。連判状に名をつらねていた者はすぐさま蟄居《ちっきょ》謹慎を命じ、殿がご帰国なされた上、あらためて処分をくだされることになろう」

「江戸表のほうは」

「筆頭は江戸家老だったが、これは高坂主馬につぐ一味の首領株だ。いちおう国元に帰し、蟄居謹慎ということになっておるが、おっつけ切腹の沙汰がだされることになるだろう。江戸屋敷で一味に荷担しておった者は、それぞれ組長屋に謹慎を命じられたが、いつ腹を切らされるかと戦々恐々たるありさまよ」

「加賀谷玄蕃はどうなった」

「旗本の処分はご公儀のされることだが、むろん無事ではすむまい。おそらく改易の上、御府外追放くらいのご沙汰となるのではないか。そのあたりは、貴公の兄者の忠利どのに聞いたほうが早いだろうがな」

　侍稼業もひとつ足を踏みはずと奈落に落ちかねない。やはり町医者のほうが気楽でいいな、と平蔵はあらためて痛感した。

　そこに蕎麦がきとお銚子が運ばれてきたので、ふたりは箸先で蕎麦がきを切りながら、酒を二、三杯酌みかわした。

「おどろいたことにな、船形の重定どのが公儀のお咎めをうけて蟄居謹慎を命じられ、五千石の知行を半減し、磐根藩に返封されることになったぞ」

「重定どのが……」

「うむ。なんでも重定どのが堀江嘉門にあてた文が、巡見使を仰せつけられた忠利どのの手元に届けられたらしい。そこで忠利どのが船形郡に乗りこんで、重定どのを厳しく追及されたということだ」

「兄上、が……」

これには平蔵も目を瞠《みは》った。

「そんな文が、どうして兄上の元に……」

首をかしげた平蔵、はたと膝をたたいた。

――そうか。

おもんの仕業だと平蔵は直感した。あの夜、加賀谷玄蕃の屋敷で、おもんに遭遇したのは決して偶然でもなく、ましてや平蔵のためでもなかった。

――おもんは、おもんできっちり自分の勤めを果たしていたのだ。

「どうかしたか」

けげんそうな佐十郎に、

「いや、なんでもない……」

平蔵はとぼけて蕎麦がきを口に運んだ。

「ところで、神谷。貴公は新井白石どのを存じあげておるのか」

「ああ、若いころ、白石先生の塾生だったが、それがどうかしたか」

「いや、こたびのことで磐根藩にもすこしはお咎めがあるかと思って覚悟していたが、それが、なにもなかった」

「よかったじゃないか」

「いや、ところが、その裏に白石どののお口添えがあったとわかった」

「白石先生の……」

「うむ。非はあくまでも分家の重定どのにあって、殿にはなんの落ち度もないと間部さまを通じて上様に進言してくださったらしい。そうとわかれば知らん顔はできんからな。そこで、昨日、わしが新井白石どのの屋敷に伺ってそれとなくお礼を申しあげたところ、思いもかけず貴公の名を口になされた」

「おれの名を……どうして、また」

「なんでも白石どのは若いころから、よく腹くだしをされたそうだが、そのとき貴公が持参した薬でずいぶんと助かったと申されたのよ」

「それは、そのとおりだが……」

「できたら磐根から貴公に薬を送ってもらえぬかとおっしゃったから、貴公は二年前に江戸にもどっておりますと申しあげたところ、たいそうなお喜びようでな。是非、屋敷に顔をだすようつたえておいて欲しいとおっしゃっていたぞ」

「ははぁ」

――さては、あの糞爺《じじ》い！

白石の屋敷を訪れたとき応対に出た白髪頭の横柄な爺さんは、平蔵の来訪を白石に告げなかったにちがいない。

「いかんなぁ、神谷。かつての恩師なら、たまには顔をだしておくべきだぞ」

「わかった、わかった。早速、うかがうことにしよう」

「それにしても、まさか貴公の縁で口添えをいただいたとも考えにくいがの」

「白石先生は公私にきびしいお方だ。腹くだしの薬と、政治《まつりごと》をごっちゃにされる方ではない。額面どおり、理非曲直をただされただけのことだろうよ」

「う、うむ。とはいえ、新井白石どのとの縁は大事にしたい。そのあたりを勘案してだな、せっせと顔をだして縁をつないでおいてくれんか」

またまた、ちゃっかりと平蔵を利用する気でいるらしい。

ここらあたりが出世するコツなんだな、と平蔵は苦笑いした。

「……その後、縫や伊助はどうしているんだ」

「案じるな。ふたりとも下屋敷で元気にすごしておる。小田原のほうにも、きちんと挨拶しておいた。いずれ、しかるべき供をつけて国元に行くことになろうが、その前に、伊之介ぎみに行儀作法をしっかり身につけてもらわねばならん。なにせ、庭の石灯籠はひっくりかえすわ、池の鯉を手づかみにしようとするわで、召使いどもは毎日が冷や汗ものらしいぞ」

「やるもんだな」

「やるやる！　だれかれなしに男はおじちゃんで、女はおばちゃんだ。下手をすると殿までおじちゃんあつかいしかねん」

「ふふ、だから言ったろう。伊助を伊之介ぎみにするのは大仕事になると」

「ま、よいわ。あれだけ元気な若君なら、磐根藩も盤石というものよ。それに縫どのは殿のお声がかりで、終生、守り役として若君の側にいてもらうことになったからの。……ま、ふたりのことは微塵も案じることはないぞ、神谷」

「ふうむ。あの若さで、終生、守り役か」

「ちと気の毒な気もするが、なに、そのうち若君が元服なされたら、殿が縫どのにふさわしい夫をめあわせてくださるだろうて」

「なるほど、ふさわしい夫を、な……」

平蔵、ちくりと胸が痛んだ。

が、すぐにそんな身勝手な感傷はふりはらった。

おそらく縫は、ようやく安住の地にたどりついたのだろう。

――よかったな、縫……。

五

その夜、平蔵は道場開きの祝い酒に酔って、長屋にもどってきたのは深夜の四つ半（十一時）ごろだった。

むろん長屋は寝静まっている。木戸を通って三軒目が縫の住まいだったが、貸家札が侘しくぶらさがっている。毎夜のように跫音《あしおと》をしのばせ、縫が通ってきたのが、遠い昔のことのようだ。

水道桝から釣瓶《つるべ》で水を汲みあげ、咽を鳴らして酔いざめの水をたらふく胃袋に流しこみ、「休診中」の瓢簞をぶらさげてあるわが家の戸口に目をやった平蔵は、思わずギクリとした。

だれもいるはずのない戸障子が、火影で明るくなっている。

まさか行灯の火をつけっぱなしにしていたわけでもあるまいと、酔眼をこらしてみたら、戸障子に影絵のような人影が淡く映っていた。人影は、ふわりとのびたり、すっとちぢんだりしている。茶碗と茶碗がふれあう音もかすかに聞こえた。

——まさか……。

と、平蔵は急いで戸障子をあけた。

「おい……」

声をかけると、台所からふりむいた影法師は、なんと希和だった。

「……希和どの」

「もしや、どなたかとお間違えになったのではありませぬか」

くすっと笑って、希和がにらんだ。

「い、いや……そういうわけではないが」

「ずいぶん、遅いお帰りですこと」

「また、どうなされたのだ」

「見てのとおり、お留守番をしておりましたの」

希和は襷《たすき》がけにした紐を取りながら、

「それにしても、ずいぶんとお部屋に埃がたまっておりましたよ。それに汚れ物も出しっぱなし。いつも、こんなふうなのですか」

「ん？　ま、なにせ、ひとり暮らしですからな」

「いけませんよ。いくら男所帯でも、すこしはお身のまわりを綺麗になさらぬと、そのうち蛆《うじ》が湧きますすよ」

そういうと希和は甲斐がいしく水甕《みずがめ》から柄杓で盥《たらい》に水を張り、

「さ、おみ足をすすぎなされませ」

「い、いや……すすぎなどと面倒なことは」

「そういう不精をなさってはいけませぬ。ここは病人や怪我人が治療にくるところですよ。さ、おかけなさいまし」

上がり框《かまち》を目でうながした。断るわけにいかない。

なにやら客になったような気分で腰の両刀をぬいて畳におくと、上がり框に腰をおろした。希和は無造作に裾をからげると、白い脹ら脛を見せてしゃがみこみ、平蔵の足首をつかんで盥の水につけた。

希和の手が平蔵の埃まみれの足を丹念に洗いはじめた。

――これは、いったい……。

頭のなかが混乱していた。希和の白いうなじがうっすらと汗ばんでいる。

平蔵の脛を洗っていた希和の肩がこまかくふるえはじめた。

「……希和どの。もう充分だ」

　腰をかがめて希和の肩に手をかけると、ふいに希和は平蔵の膝に顔をうずめてきた。両腕を平蔵の腰にまわし、希和は嗚咽しはじめた。

「……わたくし……ここに来るのに迷いましたの。はしたないと、何度も自分を戒めました」

　希和はひとこと、ひとことを噛みしめるように訴えた。

「でも……だめでした。……わたくしが磐根にもどりましたら、もう二度と、平蔵さまにお会いすることはできませぬ。……そう思うと、わたくし、どうしても」

　平蔵の膝におしあてていた顔をあげ、希和はしみいるような目で見あげた。

「いつの間にか、足が……ここに向いておりましたの」

　平蔵はゆっくりと両手をさしのべ、希和の顔を両の掌ではさみつけた。

「よう……まいられた。道に迷いはされなんだか」

「平蔵さま……」

　頰をはさんだ平蔵の掌をひしとつかみとり、希和は無骨な平蔵の掌に顔をうずめてすりつけた。

その白い顎に手をかけ、そっともちあげた。

「磐根で希和どのをはじめて見たときから、そなたはずっと平蔵の胸のなかに住みつづけておられた」

希和の双眸にみるみる歓びのかがやきがあふれた。

「平蔵さま」

希和の声が切なくふるえた。

「わたくし、柴山の家の娘でなかったら……わたくし、きっと平蔵さまの」

「……申されるな」

想いの丈《たけ》が口からこぼれれば、それだけ想いは薄くなる。

平蔵はゆっくりと希和の腰をすくいとり、横抱きにかかえあげた。希和は両腕を平蔵の首にまきつけ、すがりついてきた。

着痩せしてみえるが、希和の躰はみしりと持ち重りがする。

腰から臀《しり》にかけてのまろやかなふくらみは、二十七歳の女の熟れきった肉置《ししお》きにみちていた。むせかえるような女の体臭が、平蔵の五感を荒々しく刺激した。

綺麗に掃き清められた古畳の上に希和の躰を静かにおろし、添い寝した。

障子からもれる月明かりが、希和の白い肌をまぶしく照らしている。

――まだ、夜が明けるまでには間がある。
それまでの時間を、平蔵は大事にしたかった。

（ぶらり平蔵　剣客参上　了）

コスミック・時代文庫

ぶらり平蔵《へいぞう》

決定版①剣客参上

2021年12月25日　初版発行

2022年10月12日　2刷発行

【著者】

吉岡道《よしおかみち》夫《お》

【発行者】

相澤 晃

【発行】

株式会社コスミック出版

〒154-0002 東京都世田谷区下馬 6-15-4

代表　TEL.03(5432)7081

営業　TEL.03(5432)7084

FAX.03(5432)7088

編集　TEL.03(5432)7086

FAX.03(5432)7090

【ホームページ】

http://www.cosmicpub.com/

【振替口座】

00110-8-611382

【印刷／製本】

中央精版印刷株式会社

ISBN978-4-7747-6335-4 C0193